每一本书，都有它的灵魂

总有相似的灵魂，正在书中相遇

学坏来不及

GIRLS
HELP
GIRLS

饶雪漫 —— 著

北京时代华文书局

图书在版编目（CIP）数据

来不及学坏 / 饶雪漫著. -- 北京：北京时代华文书局，2022.2

ISBN 978-7-5699-4531-7

Ⅰ.①来… Ⅱ.①饶… Ⅲ.①故事－作品集－中国－当代 Ⅳ.①I247.81

中国版本图书馆CIP数据核字(2022)第022696号

来不及学坏
Laibuji Xuehuai

著　　者｜饶雪漫

出 版 人｜陈　涛
选题策划｜页行文化
责任编辑｜邢秋玥
装帧设计｜创研设
责任印制｜刘　银

出版发行｜北京时代华文书局　http://www.bjsdsj.com.cn
　　　　　北京市东城区安定门外大街138号皇城国际大厦A座8楼
　　　　　邮编：100011　电话：010-64267955　64267677
印　　刷｜北京兰星球彩色印刷有限公司　010-58411596
　　　　　（如发现印装质量问题，请与印刷厂联系调换）
开　　本｜880mm×1230mm　1/32　印　张｜7.25　字　数｜120千字
版　　次｜2022年3月第1版　　印　次｜2022年3月第1次印刷
书　　号｜ISBN 978-7-5699-4531-7
定　　价｜42.00元

版权所有，侵权必究

我叛逆

我成长

是我必经

CON
TEN
TS.__

01　慌心四月天

24　来不及学坏

42　我只记得你的好

58　老K的童话

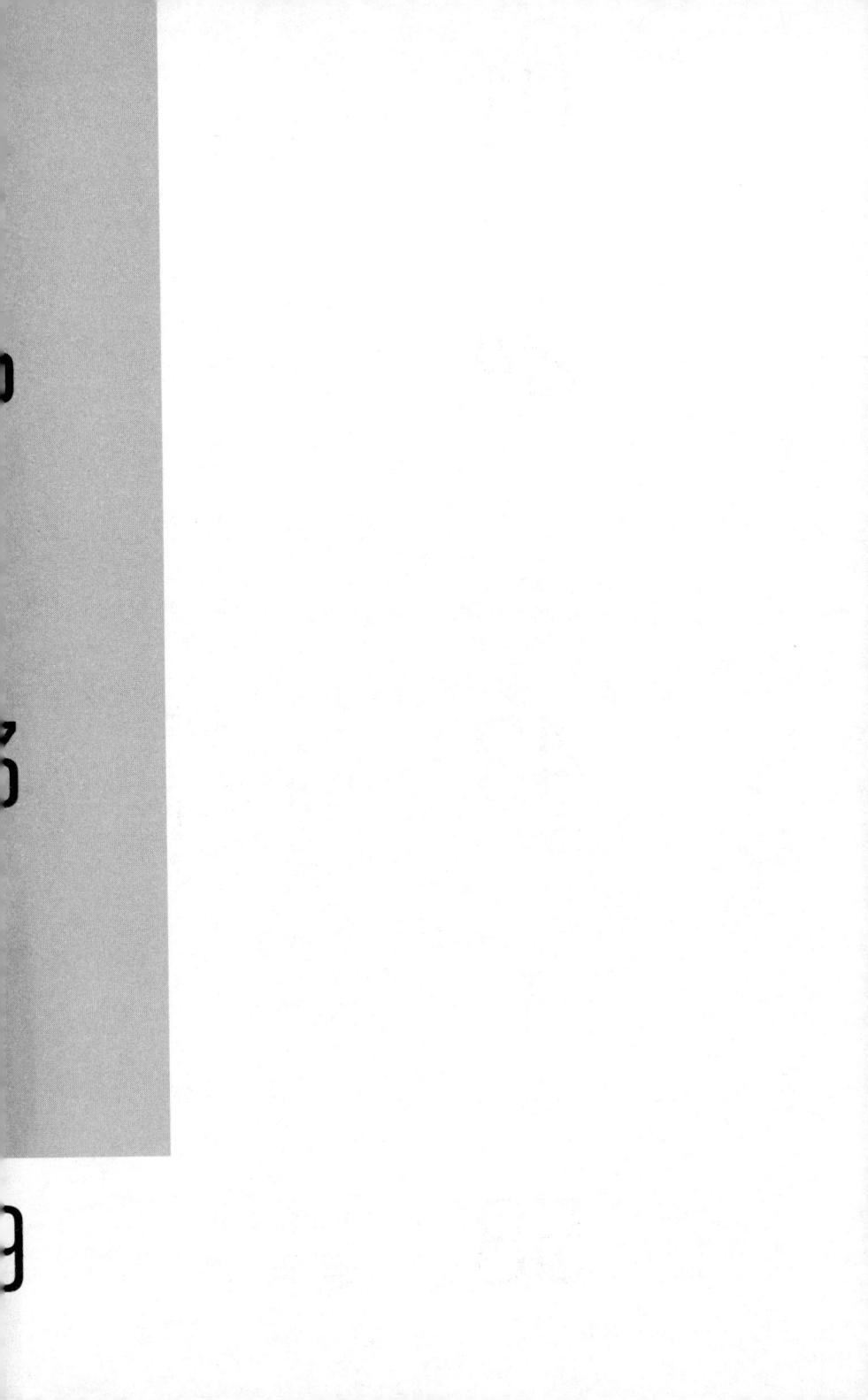

76. 和爱无关的故事

100. 你是我哥哥

126. Make a Wish

150.

巻町操 呵
巻町操

174
笨蛋小妞的
魔力 ESP

198
没有我
你怎么办

学坏来不及

GIRLS HELP GIRLS

01

慌心四月天

生命充满玄机,

Keep smiling,

真的很重要。

001

裘佳姐姐是我的邻居，比我大五岁，在师范大学里学中文。

她的姓比较怪一点，每次她向别人介绍自己的时候都是说："我姓裘，裘皮大衣的裘。佳，乱世佳人的佳。"说完了，她将下巴微微一抬，好像很臭美的样子。

不过说到"佳人"二字其实一点也不过分，我没有见过比裘佳姐姐更漂亮的女孩子。

从十二岁起，我就整天跟在裘佳姐姐屁股后面，我喜欢她不仅仅是因为她漂亮，更多的是因为她能干。

我的作文写不出了，她会帮我写。她总是三两下就可以写好一篇在我看来很难的作文，而且还可以轻易地得到我们老师的表扬。

她还很会打扮，蝴蝶结小首饰不知不觉地天天换，会把我妈妈不要的旧裙子改成一件漂亮的披风，会在难看的白裙子的裙摆上绣上几朵紫色的小花。

她还会玩很多新鲜的花样，比如和我躲在房间里开个人演唱会，唱到脸色绯红喉咙都发哑发干。或是把所有的零花钱省下来，偷偷地把嘴唇涂得厚厚的去拍艺术照。

我把那些照片带给我们班同学看，他们都会犹疑地问："是不是张曼玉啊，是张曼玉年轻时候的照片吧？"

这样漂亮能干又聪明的姐姐，搞得我对她有些乱崇拜。

我最最记得的是她读高一那年的夏天，有一个小男生夜夜到她的窗下唱情歌。

那个男生总是唱那种莫名其妙的歌，嗓子还行，但老走调。

裘佳姐姐躲在窗帘后面听，我在房间的微光里看着她的侧影，那骄傲的表情让我第一次明白做一个让人欣赏的女生是多么美好和快乐的一件事。

002

可惜裘佳姐姐的爸爸每一次都火冒三丈地赶走那男生，而裘佳姐姐的妈妈则每天对她提审三到五次，生怕她的思想会走了什么歪路。

裘佳姐姐每一次都委屈地说："你问问小巧，是不是他自己非要唱的？"

"是啊，是啊！"我拼命点头说，"我都代表裘佳姐姐警告过他N次了，不关姐姐的事。"

"你还小呢，懂什么！"裘佳妈妈叹口气摸摸我的头，"女孩子真是让人操心。"

时间过得飞快，一转眼，我也不小了，都高一了。而裘佳姐姐已经读大二了。她上大学后就住校了，我也不能像从前一样天天看到她了。

长大后的我不像裘佳姐姐那样水灵灵的，我只是一个干干涩涩的女生。我最恨的是我的小眼睛和我的高个子，我常常借了别人的眼光来看自己——不可爱，一点也不可爱。

这让我多多少少有些自卑和懊丧。

好在我考上了重点高中，可是高一的生活一点色彩也没有。当然，也不会有男生到我窗前来唱歌。没有了裘佳姐姐的陪伴，我就显得寂寞。

和裘佳姐姐的妈妈一样，我的妈妈也很为我操心，不过她最操心的是我没有朋友。别的小姑娘都是亲亲热热勾肩搭背地来来去去，只有我每天揣着Walkman（随身听）戴着耳机独来独往，听一些她认为我万万不该听的歌。

我很喜欢周杰伦。有一次我在电视上看周杰伦的小型演唱会，妈妈耐着性子坐着陪我看了半天后沉痛地说："一句也没听懂，看看你现在，喜欢的都是些什么乱七八糟的！"

我没和她顶嘴，任她数落。

自从上了高中后，我就变成了一个没有棱角也懒得愤怒的女孩子。

我以前并不是这样的，这一切最初是因为风。

003

　　风是我初中的同学,以前我和他之间话不是太多,上了高中因为座位靠得近,我们慢慢地熟悉起来。在一个陌生的校园里,也许是老同学的缘故,我总觉得他有些亲切。

　　风是那种注定了要出色的男生,在初中时他是班长,到了高手如云的重点高中他依然做了班长。我们班上有不少的女生都很欣赏他,特别是他的同桌朱莉叶。

　　朱莉叶的成绩也很好,而且嘴特别甜,每次她夸风的时候都可以做到不露痕迹,我可没有那本事。

　　不过风对我很好,有时他会用有点特别的眼光看我,有时放学了还会和我一起走,自行车骑得慢慢的。他对我说:"林巧,你的朋友好像不是太多。"

　　"朋友要那么多做什么?"我说,"好朋友一个就够了。"

　　"那我算吗?"他脸皮很厚地问我。

"不知道。"我低声说，然后将自行车骑得飞快地跑掉了。

很长的一段时间，我以为自己和风之间会有故事。我有点艰难地对裘佳姐姐说："其实我说的'故事'并不代表着什么特殊的意义，我想得很简单的。"

裘佳姐姐用温暖的眼神看着我："我知道的，我相信你。"

我靠在她的身上，她的身子也是软软的温暖的，这个世界上只有她懂我。

"后来呢？"她问我。

"后来我们不再说话。"我说。

"为什么？"

"因为我输了，输给了朱莉叶。"

"说说朱莉叶为什么赢你。"裘佳姐姐很感兴趣。

"她有一天嚷嚷着说她的日记丢了，在班上哭得死去活来。后来，他们在我的抽屉里发现了那本日记。"

裘佳姐姐反应很快地说："有人栽赃？"

我撇着嘴点点头，然后哭了。

004

事情出了这么久,我还是第一次哭。

被栽赃的那天我没哭。

被朱莉叶当着众人的面骂的时候我没哭。

老师责问我的时候我没哭。

就连风用不理解的眼神看我的时候,我也没有哭。

只有在真正懂我的人面前,我才会哭。

"哭吧,哭吧。可怜的小巧。"裘佳姐姐一下一下地拍着我的背说,"哭一会儿,大一点儿。"

那个学期的期末考试,我考得差极了。风还是第一名,朱莉叶是第二名。自习课的时候,他们在我的身后讨论题目,我把耳机戴起来做作业,听我的周杰伦,听他反反复复地唱那首我喜欢的《简单爱》。

我想就这样牵着你的手不放开
爱能不能够永远单纯没有悲哀

我，想带你骑单车

我，想和你看棒球

像这样没担忧

唱着歌一直走

我想就这样牵着你的手不放开

爱可不可以简简单单没有伤害

……

在风犹疑的眼神里，我知道自己已经被彻底伤害。只是我还不知道该如何疗伤，只能在成长的黑暗里独自承受这种时而微弱时而尖锐的疼痛。

妈妈和爸爸为了我彻夜难眠，我成绩掉到了全班最后十名。家访的时候老师还说我的心理有问题，无论如何不该去看别人的日记。

我没法解释，也不想解释。

我把自己的日记烧掉了，他们不在家的时候，我开着煤气烧的。

那天妈妈走的时候对我说："寒假收收心，不许在家看电视，也不许听歌。"

她并没有批评我，可是我宁愿她把我好好骂一顿。在她出门的时候我也很想抱抱她，我怕她回家就再也看不到我了。

日记烧成的碎灰在厨房里乱飞，我一边烧一边想，烧完后煤气就不要关了，这样去死，应该不会太难受。

他们应该想，这只是个意外，也不会太难过。

可是门铃却在这个时候响了。

005

我从猫眼里看到门外站着的是裘佳姐姐，于是便打开门让她进来。

开了门我才发现，裘佳姐姐的身后还站着一个个子高高的男孩。裘佳姐姐看到我时，尖叫着说："我还说让伏涛来看我漂亮的妹妹呢。你看看你，你看看你，蓬头垢面丢尽我的脸哦。"

"我在打扫房间。"我跑到厨房里飞快地收拾好了一切后才走了出来。而裘佳姐姐和那个叫伏涛的男孩，已经坐在我家的沙发上喝起咖啡了。

"伏涛。"裘佳姐姐笑笑对我说，"我的男朋友，学英语的。"

"不要脸。"我没头没脑低声嘟囔了一句。

裘佳姐姐咯咯地笑，把头埋到男孩的肩窝里，我别过头不看他们。

"你姐姐老跟我说起你，说你有多可爱多可爱。"

伏涛说，"认识她这么久，就这一次她没有吹牛。"

这个伏涛，嘴比朱莉叶还要甜。

晚上的时候，我躺在我的小床上害怕地想，要不是裘佳姐姐和伏涛来敲门，我现在该在哪里呢？

人死了真不知道会是什么样子的，是不是真的就可以做到解脱和快乐？我越想越怕越想越怕就用被子把自己紧紧地裹起来。

妈妈推门进来了，她一点也没看出我的异样，而是兴高采烈，因为裘佳姐姐和伏涛都答应来替我补习。裘佳姐姐还立下了军令状，保证我的成绩快速冲进前十名。

于是，整个寒假我都待在家里看书。

我也开始渐渐地喜欢上看书了。

伏涛的课讲得很生动，他也是一个优秀而出色的男生，难怪裘佳姐姐会看上他。他们是俊男美女，爱情甜甜蜜蜜就像是电视剧《水晶之恋》里的男女主角。

可是有一次，他们却在我家吵了起来。两个人吵得好厉害好厉害，裘佳姐姐尖声地叫伏涛滚，然后伏涛就真的头也不回地摔门走掉了。

006

我问裘佳姐姐:"你们怎么了?"

裘佳姐姐胸脯一起一伏地说:"小心眼的男人,我永远都不要见到他!"

原来他们两个吵架,是因为伏涛不高兴裘佳姐姐和别的男生约会。

"你为什么要和别的男生约会?"我很不理解地问裘佳姐姐。

"为什么不?"裘佳姐姐说,"我和他只是去看了一场画展而已,我又不是谁谁谁的附属品!"

就在我以为伏涛第二天肯定不会再来给我补习功课的时候,没想到,他还是按时来给我上课了。

我问他:"你在生裘佳姐姐的气吗?"

"是。"他说。

"那你为什么还要来给我补课?"

"这是两回事。"伏涛说,"守信于人最重要。"

"我去替你哄她。"

因为感激,我开始乱表态,天知道裘佳姐姐会不会听我的。

"不用了,"伏涛说,"你好好听讲,别的事都不要管。"

伏涛的眉头微皱,手指有力地落在我的试卷上,他读英文时的发音清晰而动听。

见鬼!我竟然在这个时候莫名其妙地想到了风,甚至开始觉得,和伏涛比起来,风真是差太远了。

就在我的思绪不知游移到了何方的时候,伏涛狠狠地敲了我的脑袋一下:"在想什么?!"

我慌乱地低下了头,装模作样地听起讲来。

那天休息的时候,我跟伏涛说起日记的故事,只不过我把主角换成了班上的另两个女生。伏涛说那个男生真是傻,要是他,他才不会相信这些女孩子玩的鬼把戏。

然后他又说:"女孩子其实不要太精了,还是傻丫头可爱,就像你。"

第一次有男生这么变着法儿夸我,我简直手脚都不知道该往哪里放。

我发现,自己像喜欢裘佳姐姐一样喜欢伏涛。我真不希望他们闹矛盾。

好在几天后他们可算和好如初了,裘佳姐姐有些得意地对我说:"他离不开我,是他先认的错。"

我却有些心疼伏涛。

伏涛说对了,我真是一个傻傻的丫头。我常常自己都弄不明白自己。

007

真怕开学，但还是开学了。

开学第一天上学的路上，我遇了到风。

风和朱莉叶一前一后地骑着自行车，就像那个时候的我和他一样。

我隐隐约约地能听到他们说笑，怕被他们看到，我只能把自行车骑得很慢地跟在后面，差一点因此而迟到。

早就听说这学期要来实习老师，可我没想到新来的实习老师，竟然会是伏涛。

伏涛一站到讲台上，班级里就有人惊呼："哇，好帅啊！"

话音一落，全班呼啦啦笑起来，伏涛也跟着笑，他一边笑一边偷偷朝我使了一个眼色，我的心一下子明朗起来。

课间，他走到我身边说："林巧，真是巧，看来我注定了要做你的老师。"

大家都用羡慕的眼光看着我。

晚上的时候,我给裘佳姐姐打电话。

裘佳姐姐说:"现在好了,有人罩着你了,看谁还敢欺负你!"

"其实,"我跟裘佳姐姐说,"也没人欺负我。"

"倒也是。"裘佳姐姐安慰我,"小巧,你答应姐姐,要快乐些,不快乐的事情过去了就过去了,不要整天胡思乱想。"

"好的。"我说。

实习老师伏涛的课教得不错,很快就得到了大家的认可与赞扬,长相帅气的他也很快便成为同学们的新偶像。

我在学校的时候,叫他伏老师。

他在上课的时候,不停地向我提问,尤其是一有难题,他就会用期待的眼神看着我。如果我答对了,他就拼命地表扬我。

我用很多的时间来学习英语,不敢让他失望。

那次小考,我居然考了全班第一名。

伏涛和裘佳姐姐带我一起去看电影,说是对我的奖励。

那是一部悲伤的爱情电影。

看电影的时候,裘佳姐姐和伏涛的手全程一直紧紧地握在一起。我的心里有些酸酸的。

我知道，令我心酸的，不是那场电影。

但我不知道，究竟是为什么而有这样的心情和感受。

008

也许是看到了一点我的出色,风又开始主动找我说话了,这让朱莉叶又是一副很不高兴的样子。

按理说,我本来应该要有一点点胜利的感觉,但是我没有。我还是非常不快乐,还是照样独来独往地听我的周杰伦。

一次放学的路上,风拦住我的自行车说:"林巧,我感觉你在恨我。"

"是的。"我说。

"其实我现在相信你了。"风说,"真的。我向你道歉,希望我们还是朋友。"

我面无表情地说:"你没错,也无须道歉。"

"你这么固执会失去所有的朋友的。"风提醒我。

"那又如何呢?"我毫不领情地说,"那是我自己的事。"

也是在那一天,放学的时候,我看到裘佳姐姐和一个男生从楼里走出来,不过那个男生不是伏涛。裘佳姐姐很高兴地问我:"你还认得他吗?"

我看着那男生，摇了摇头。

"就是那个在我家楼下唱歌的男孩子啊！他现在开了间酒吧，挺漂亮的呢。"

我又认真看了看，果然是他。

那男孩子对我说："你就是当年那个跟屁虫啊，怎么一不留神长这么高了？"

我恨恨地看他一眼，裘佳姐姐笑了，趴到我耳边说："不许跟伏涛说啊，不然他会不高兴的，我去酒吧玩玩就回来。"

那天晚上，伏涛一直坐在我家等裘佳姐姐，妈妈待他如上宾，又是上茶又是递烟。伏涛很礼貌地说："谢谢，我不抽烟。"他看上去干干净净的，又高大又帅气，比那个开酒吧的男孩子强一百倍。

我真恨裘佳姐姐，可是我又不能说出我所知道的。

就这么等到了十点钟，伏涛起身告辞。楼道里很黑，妈妈让我带上手电筒送送伏老师。

我跟伏涛一起走到楼下。四月的夜风吹得人身上凉凉的，春天已经接近尾声了。我不知踩到了什么东西，差点摔一跤，伏涛身手敏捷地扶住我，夜色掩盖了我绯红的脸。

伏涛说："林巧，你怎么好像总是心事重重的样子？"

"没有啊。"我狡辩。

009

"是因为日记的事情吧?"伏涛单刀直入。

我吓了一跳,不再说话。

"其实为这点小事如此不开心真是不值得。"伏涛温和地说,"人生的伤害有很多,忘记是最好的疗伤方法。"

"你做得到吗?"我问他。

"至少我会尽力去做。"伏涛回答我。

"你很爱裘佳姐姐,对吗?"我大胆地问。

"是的。"伏涛说,"但爱不是全部。"

"如果裘佳姐姐伤害你,你也会原谅她吗?"我没忍住向他发问道。

"我可以承受。"伏涛说,"成长就是不断地受伤和复原。你要是明白多好。"

我低头不语,他拍拍我的肩说:"林巧,笑一个。"

我不解,他又说:"笑一个嘛!整天绷着脸像个老太太。"

听他这么说时,我没忍住扑哧一声笑了出来。

他满意地说:"对对对,就是这样子,你笑起来真好看。"说完,他的长腿迈上自行车,一下子就驶出了我的视线。

四月结束的时候,伏涛也结束了他的实习。他走得很匆忙,我甚至没有来得及跟他说再见。他在我的英语练习簿上留下了一个微笑的小人,旁边写着:"Remember, keep smile on your face!(记住,保持微笑)"

他是我欣赏的男孩子,但他是我姐姐的男朋友。不管裘佳姐姐喜欢不喜欢他,他们的故事里都不可能有我的存在。

星期天的时候,我坐在初夏的阳台上背诵英语单词。就在我抬头朝楼下看的时候,发现伏涛骑着自行车载着裘佳姐姐一点点驶出了我的视线。坐在后面的裘佳姐姐笑得真甜,让我觉得做女孩子真是美好,做一个有人娇宠的女孩子更是美好。

我想,我也会等到那一天的。

只是伏涛,他不再是我的老师,再见面的时候,我只会叫他伏涛。他也好,裘佳姐姐也好,永远都不会知道我曾经走过的慌心四月天。

我用很多的时间来回忆那晚我和伏涛的谈话,想起那个我差点死去的下午,开始觉得,生命总是充满了种种的玄机。

我很庆幸,那天下午他们一起按响了门铃,是因为他们的意外来访才让我没有死去。

这一切就像伏涛所说的,还来得及遗忘,来得及受伤和来得及不断地复原。

而我,终于可以坦然地对着风和朱莉叶微笑。学会宽恕的心像蓝天一样干净和透明。

Keep smiling(保持微笑),真的很重要。

学坏来不及

GIRLS
HELP
GIRLS

02

来不及
学坏

没来得及学坏,
还可以这么一路
年轻飞扬下去。

001

夏天，天热得人透不过气。

我和阿宝坐在她家的木地板上。

阿宝猛地跳起来，一把把窗帘拉上，再扭亮台灯，四周的环境像是在影楼里拍艺术照，然后她终于心满意足地笑了笑，对着我说："沙妮，来来来，我们来抽烟。"

阿宝抽烟的样子有些老到，烟雾在空调房里缓缓上升。奇怪的是我竟不觉得呛人，不像爸爸在我边上一抽烟，我就皱着眉头咳嗽得像个老太太。

她看了看我："你不抽？"

我摇摇头。

"放心啦，不会上瘾的。"她把烟往我怀里一扔，"沙妮，你就甘心做一辈子好女孩？直直地走一条路，没有意思的啦。"

"抽烟并不代表坏啊，"我说，"我没觉得你坏。"

"对对对。"阿宝狠狠地吸一口烟,捏着嗓子说,"沙妮你真好,全世界就你一个人不觉得我坏,你真是我的知己。"

我咯咯地笑,我真的不觉得阿宝坏。

她只是有那么一点点特别而已。

002

阿宝比我大三天,我认识她的时候我们都只有七岁,上小学一年级。

那时候我们是同班同学。班上有个外号叫木剑的男生,爸爸官当得大,特别气势汹汹。每一次看到他,我都绕道而行。

只有阿宝不怕他。

阿宝大名叫凌宝,留了很短的头发,和她同学好长时间我才知道她和我一样是女生。当木剑扯下我头上的蝴蝶结挑在肮脏的木棍上玩耍的时候,阿宝像头小狮子一样猛扑过去,将他撞倒在地上,再压住他一阵猛揍。蝴蝶结很容易就抢回来了,不过我嫌它脏,不肯再要。阿宝将它往地上一扔说:"不要就不要,来,我教你武术,我会少林功夫。"

说罢,阿宝就在我眼前哗地拉开一个架势来,和电影里的黄飞鸿一模一样。

我听到木剑在很远的地方喊:"男人婆!男人婆!嫁不出去的男人婆。"

阿宝说:"莫理他,你跟我学功夫,他以后见了你保管跑得比兔子还快。"

我掏出口袋里的跳跳糖递给阿宝:"吃吗?这糖会在你舌头上跳舞呢。"

阿宝将彩色的糖粒塞进嘴里,然后脸上露出奇怪的表情来,尖叫着:"呀呀呀,舌头管不住了呀。这糖原来也会功夫哦。"

"你真的会功夫吗?"我谦卑地问她。

她趴到我耳边来,神秘一笑:"都是电视上看来的,不是真的会。不过打架的时候不要怕,一定要狠。你一狠,他们就软了。"

"我可不会打架。"我说。

"你不用打。"阿宝抱着我的肩,"以后我罩着你。"

003

十二岁那年,我爸爸和我妈妈离婚了。其实我知道他们的心早就不在一块。只是我不明白,既然他们不爱为什么要结婚,结了婚为什么又要离婚,既然要离婚为什么又非要生我不可?

绕这么大一圈子,没意思透了。

妈妈对我说:"沙妮,你大了,你愿意跟谁就跟谁,我们会完全尊重你的意见。"

我冷冷地说:"我谁也不跟,我跟奶奶一起住。"

妈妈脸色灰败地看着我。

奶奶一个人住在我家的旧房子里,那房子只有一点点大,半夜睡醒了,能闻到一种奇怪的味道,就像是家里长了一棵很大的树,树叶拼命地散发着植物的气息。只是有些腐败了,像奶奶一样。

奶奶老了,有些糊涂,唯一不糊涂的是每个月的月末催我到爸爸或妈妈那里要钱。

但是她不怎么管我，我很逍遥自在。

当然也寂寞。

生病的时候，只有阿宝会给我端来馄饨吃。我认准了一家馄饨吃，只要吃上一碗，什么样的病都会很快地好起来。不用吃药，屡试不爽。

阿宝抱着我，像个大姐姐一样摸着我的长发说："可怜的沙妮，还好你有我。"

004

初一。

我和阿宝不在一所学校上学了。

不过她常常会骑很远的自行车来看我。我把爸爸妈妈给的生活费克扣下来给阿宝打电子游戏。那些日子她迷电子游戏迷得要命，常常在游戏厅里打到深夜。

她在我的小屋里，给我展示她爸爸揍她的痕迹，身上到处是青一块紫一块的伤痕，像一面面示威的小旗帜。

我心疼地说："阿宝，要不，这些日子你就少玩些。"

阿宝说："没办法，我管不住自己。"

"那就到我家来和我一起看书，"我说，"我管着你。"

我很用功地在读书，因为我想成为一个很有出息的人，让爸爸看看，让妈妈看看，让爸爸和妈妈狠狠地后悔。我在新学校里成绩数一数二，好多聪明的男生削尖了脑袋也赶不上我。我迷恋那种高高在上的感觉，上课竖着耳朵听，每晚温书到深夜，不敢有一丝一毫的怠慢。

而阿宝的成绩却一日千里地往下掉，每次和我一起看书的时候，她哈欠一个接着一个地打。我用凉水扑她的脸，她绝望地说："沙妮，你别指望我了，我这一辈子就指望你了，等你有钱的时候，雇我做保镖。"

"不行不行，"我笑着说，"如果要请，我也一定要请个男保镖。你的功夫是假的，不可靠的哦。"

"呸呸呸！"阿宝说，"沙妮真不要脸。"

005

很长的日子我都见不到阿宝。

她只是打电话来说想我,后来电话也少了。我给她写信,她很少回,说是作文不好,写出来的信怕被笑话。但我还是一如既往地写,向她报告我蒸蒸日上的成绩和各种得意非凡的收获。

我相信我的快乐她会愿意感受。

初二下学期,我在商场门口碰到她的时候,看到她的手放在一个男生的手里。

我有些吃惊地盯着她。

她还是没有穿裙子,但是打扮很前卫,头发竟有一撮是红的。我差点疑心认错,直到她叫我:"沙妮,沙妮。"然后,阿宝甩开那男生的手,一把抱住我。

"阿宝,"我拉她到一边,"那是谁?"

"我男朋友。"阿宝略显局促,"有一次我和别人打架,他以一挡四替我拦了不少的拳头,义气。"

"你为什么要和别人打架？"我吃惊地问。

"不为什么，"阿宝说，"那小混混骂我丑，我怎么着也要给他点颜色看看。"

我有些忧郁地看着阿宝。阿宝低着头说："你不要这样看我啦，我不好意思的。沙妮，我没法和你在一条道上走了，你忘了我吧，我不配做你的朋友。"

大街上，我啪地甩了阿宝一耳光，那耳光清脆极了。

掉头的时候，我的眼泪稀里哗啦地往下掉。

阿宝没有还手，也没有追上来，我想她不会知道我的眼泪。

就如同她不会知道她的友谊对我有多么重要。

006

阿宝再来找我的时候,是央求我写作文。

她迷恋上了她的语文实习老师,想用好的作文吸引他的注意。

我说:"作文我可以帮你写,但是想让他真正喜欢你,你还得在多方面努力。"

阿宝说:"沙妮,你还像从前那样看我吗?"

"当然,"我说,"一切都没有变。我们依然是好朋友。"

"其实我一直在想,该学坏的是你,可是怎么就会是我了呢?我是身在福中不知福,我妈妈为了我都住院开刀了,我已经坏得没有退路了。"

"你不坏啊。"我说,"谁说我们阿宝坏我跟谁急。"

阿宝嘿嘿傻笑。

我多少有些安慰,因为我发现她的红头发没有了。

阿宝的实习老师叫风。

他给了阿宝的作文很高的分数，只是他不知道，那作文其实是我写的。

阿宝兴致勃勃地拿过来给我看，风的字很漂亮，评语里把阿宝夸了个够。

我可以想象出他的样子，能写出这样一手好字的男孩，必然是眉清目秀的。

阿宝遗憾地说："为了他，我真的想做个好学生了。只可惜他的实习期只有五十天，五十天一满，他又要回校做学生，我还来不及学好呢，他就走了。我以前那些男朋友和他比，简直是差了十万八千里。我想这才是真正的恋爱呢，简直朝思暮想。"

我捏捏阿宝的鼻子说："呸呸呸，阿宝你真的不要脸。"

007

初三的时候，阿宝几乎是一放学就待在我身边和我一起看书，即便看到眼珠子出了血丝，也从不埋怨一句。

因为风分配到了我们这里最好的中学做老师，阿宝拼了命地想考进那所学校。

阿宝的爸爸妈妈不知内情，以为是我苦心引导，对我心存无限感激。每次他们给阿宝买衣服的时候，都不忘替我买上一件。就连做了好吃的，也会让阿宝拎过来和我一起享受。

衣服我没穿，吃的东西，每一次都吃个底朝天。

但是阿宝还是没能考上那所学校，倒是我，轻轻松松地考上了。

拿通知的那一天，阿宝趴在我身上哭得快要背过气去，最后她说："沙妮，以后你就每天替我看他一眼吧。"

我真的看到了风，他真的长得眉清目秀。只是他并不上课，而是在学校负责团委的工作，我终于有机会和他说话。

我问他:"老师,你还记得你实习的时候有个叫凌宝的学生吗?"

"凌宝?"风眯着眼睛想了很久,最终摇摇头。

"你再想想,她作文写得很好,你还说她才思敏捷呢!"

"真想不起来了。"风很歉意地说,"实习的次数太多,学生也太多。"

我想起阿宝的夜夜苦读和那次揪心的痛哭,替阿宝不值。但我没有告诉阿宝,我希望她的心里永远留着关于风的最美好的记忆。

008

阿宝还是有那么一点点特别,有那么一点点和别人不一样。

但是她真的长大了。我终于看到她穿裙子的样子,妩媚极了。

她像一面镜子一样地照着我的过去。

我知道,我也长大了。

阿宝灭了烟,对我说:"别恨你爸爸妈妈了,其实很多时候,大人也很无奈。"

我微微地笑。

"等我大学毕业,我还是要回去找风的。"阿宝笃定地说,"我想,他一定会很吃惊,当年的那个阿宝,已经完全不一样了呢,我一定会让他吃惊。"

我依然微微地笑。

年轻的时候,为一个人变好变坏都是那么容易。

但我为阿宝感到庆幸,也为我自己感到庆幸。

因为我们都有还算不错的结局。

没来得及学坏,还可以这么一路年轻飞扬下去。

学坏来不及

GIRLS
HELP
GIRLS

03

我只记得
你的好

我已长到可以勇敢地面对
人间所有的风风雨雨，
这已很好。

001

和莫杰重逢是我无论如何都没有想到过的事。

高一的第一天,我从贴在教室外的花名册上看到这个名字的时候,还以为是同名同姓。他走进教室的时候,我第一眼就认出了他。他变得很高,可是样子一点也没变,和我记忆中的那张脸一模一样。

我情不自禁脱口叫出他的名字:"莫杰!"他回头看到我,一脸茫然。我迎上他的目光,希冀他会喊出我的名字。可是他没有,而是迟疑了一下,接着就转头和他认识的同学说笑去了。

我的心一下子荡到谷底。

他竟然不记得我了,但我一直记得他。

002

莫杰是我小时候的邻居，他只比我大一个月。那时每天晚上，我常常还没有吃完晚饭，他就会来敲我家的门。门一开，莫杰就像个小士兵一样冲进来，声音一声比一声高："小沙小沙，你出来，我抓了一只小麻雀给你玩。"

也有时候，莫杰会喊着："小沙小沙，我爸爸买了新的动画片VCD，来来来，到我家去看！"

妈妈喜欢亲热地摸莫杰的头，把他身上的脏衣服脱下来洗干净，让他穿着我的花外套和我一起坐在地板上玩。妈妈说："小沙你没有爸爸了，有个疼你的哥哥也挺好。"

我就读的幼儿园离家只有二十米远，是一家私立幼儿园，因为妈妈没有钱送我到大幼儿园上学。最主要还是因为妈妈上班远，没法按时来接我放学。每天都是莫杰的妈妈先去大幼儿园接了莫杰，再牵着莫杰的手来接我。

我不怕等，我最怕的是周小胖。只要老师看不见的时候，周小胖就会拎着我的小辫子拎得我满地打转。有一次周小胖故技重施，被莫杰看见了，他像只小豹子一样冲上去，把周小胖狠狠地压到地上，很凶很凶地说："看你还敢不敢欺负小沙！看你还敢不敢再欺负小沙！"莫杰一边说一边用手拼命地打周小胖的屁股。莫杰的妈妈好不容易才把他从周小胖的身上拽起来。

从那以后，周小胖见了我都绕着道走，我得意地要命。

妈妈告诉我要搬家的时候，我哭得死去活来。妈妈把家里的房子卖了，换了郊区一个很小很小的套间。一来，是因为这样会离她的单位近一些；二来，是还可以多存下一些钱。我就要上小学了，而妈妈生病了，听她说，要花很多的钱来治病。

大卡车来拉家具的那一天，莫杰一直站在院子里的树下沉默。最后他跑上楼，捧着一大堆的玩具扔到车上，他跟我说："小沙，以后我不能陪你玩了，你就玩这些玩具吧。"

我一直不停地哭，哭得妈妈都不好意思了，她说："好啦好啦，小沙，搬家的时候是不可以哭的！"

"对。"莫杰也像个大人一样,"小沙,搬家的时候是不可以哭的呢。"

记忆里,那是莫杰对我说的最后一句话。

003

我都不知道,我怎么可以把小时候的事情记得那么清楚。每当我跟好朋友小丫讲起莫杰的时候,她都会说:"小沙啊,我小时候的事都忘光光了呢,你怎么和电脑一样啊?"

我想,大概是因为我舍不得忘,自从离开莫杰后,就再也没有谁像哥哥那样对我好了。

小学和初中,除了小丫,我几乎没有别的朋友,因为他们都嫌我家穷。我所了解的关于流行和时尚的东西,都是小丫传递给我的,其他的时间,我都在拼命地念书,因为我知道,只有读书才能改变我的命运。

我终于扬眉吐气地考上了市里最好的高中,可惜的是,小丫没能考上。而我万万没想到的是,莫杰竟然和我同班!

放学后,我迫不及待地打电话把这件事告诉了小丫,她在电话里尖叫了起来:"太好了,太好了,你们可曾抱头痛哭？"

"没。"我说，"他根本就不记得我了，老师点到我名字的时候，他眼睛都没有眨一下。"

"唉，"小丫说，"小沙你一定挺难过吧？"

"是的。"说完，我就挂了电话，因为我真的想哭。

第二天一大早，我就到了学校，教室里只有我一个人。莫杰是第二个来的，他看到我时，依然面无表情，坐下后就开始很认真地看书。

就在那一天，老师宣布莫杰担任学习委员，因为他是以最高的分数考进这所学校的。我有些欣慰，看来他的确如我想象的一样，是个优秀的男生。

高中生活是那么平淡。日子一天一天地划过去。没有了小丫，我再次陷入孤独的境地。大家都觉得我是一个怪怪的不易接近的女生，不喜欢打扮，看不懂动漫，更不会上网，只知道看书。

而我不在乎这些，我拼命地念书，其实是在暗地里希望，希望有一天我的成绩能超过莫杰。

也许只有这样，他才会注意到我，才会想起一些关于五六岁时的细枝末节，这对我就足够了。

004

期中考试，莫杰稳坐第一把交椅。

我从考进来时的二十几位升到了第九名，我和莫杰之间，隔着七个人的距离。我们班的班长季佳是跟他挨得最近的。无论从哪方面来说，季佳都是一个出色的女孩子。班长是竞选的，我还记得她的竞选演说，洋洋洒洒一气呵成，博得满场喝彩，我也不由自主投了她一票。

生活中，季佳和莫杰走得很近。他们是同桌，我曾看到过莫杰替她擦桌子，这么多年了，他还是那么细心的男孩子。我把头埋在课桌上，鼻子酸酸的。

那天，我给小丫写了一封很长的信，我的心事从来只对她说。我记得小丫曾经说过，我是一个表面风平浪静其实内心波澜壮阔的女孩子。确实，只有小丫懂我的心。我在信中告诉她，我嫉妒那个叫季佳的女生，这种嫉妒让我觉得自己不可爱极了。

小丫很快就回了信："小沙，童年时的美好可能永远也回不去了,你不能总是沉浸在过去,你要快乐一些,不要让我担心。"

我正在看这封信的时候,莫杰走到了我的身边,他说:"李沙,就你一个人的资料费没有交了。"

对我来说,那是一笔昂贵的资料费。我慌慌张张地把信叠起来,低着头不敢看莫杰。

他有些不耐烦地说:"你怎么回事?"

"明天。"我艰难地说。

"这样吧,"他说,"我先给你垫着,老师那边催得紧。你以后记性要好一点!"说完他就匆匆离开了,我的"不"字还没来得及说出口。

晚上的时候,我去小丫家借钱。我和小丫很久不见了,我们紧紧拥抱。我对小丫说我不想欠他的,更不想在他面前丢面子。小丫拿出她的零花钱给我,她一个月的零花钱比我妈妈的工资还要多,可是在我面前,她一点也不傲气,她是真正把我当好朋友的,并不是同情。从这一点来说,我万分感激。

第二天,我依然是第一个到教室的,谢天谢地,莫杰仍是第二个。我走到他旁边,把钱递给他,莫杰愣了一下后便收下了,脸上没有什么笑容。

教室里一直没有人进来,清晨的阳光从窗口铺天盖地地洒入，我看着童年时那张亲切无比如今却变得冷漠疏远的脸，想走开，却挪不动我的步子。

"怎么了？"他低头看看手中的钱，问我，"钱给得不对？"

"不不不。"我正想开口说点什么，季佳和几个女生嘻嘻哈哈地进来了。走到我身边的时候，她很冷漠地说："请你让一下。"

我这才意识到，此刻我站在季佳的座位边上，于是便逃也似的回了自己的座位。回头的刹那，我看到莫杰替季佳拉出了凳子，而季佳笑得比窗外的阳光还要灿烂。

005

市里的作文竞赛,老师派我和季佳一起参加,这是我根本就没有想到的。老师在课堂上公开表扬我,并念了我的一篇习作,夸我的作文才思敏捷,立意新颖,语言优美。

老师念的那篇文章,是我写的童年的生活,我在里面提到了莫杰,只是没有点他的名。老师念到与他有关的段落时,我的心紧紧地缩了一下,我怕莫杰会想起什么,又怕他什么也想不起,傻傻的。

作文竞赛的考场是在别的学校,我坐在公共汽车上的时候,不经意看到莫杰骑着自行车载着季佳。他车技似乎不好,骑得晃晃悠悠,那是一辆很新的捷安特山地车。我有些忧伤地想,或许,我和莫杰注定是两个世界的人,童年时的美好,只是一个温暖的错觉。

我决心要忘记。

作文写得还算顺利,我第一个交卷走出教室。到校门口的时候,我突然看到一个小青年在街边弄莫杰的自行车。环顾四周,我没看到莫杰。

"喂!"我下意识地喊住那个小青年,"你在做什么?"

他显然吓了一大跳,骑上车就想逃跑,我也不知道从哪里来的勇气,一个箭步冲上前去,一把拽住车尾,大声叫着:"你下来,这是别人的车!"

他仍在拼命地往前骑,我被他拖着往前蹭了差不多有十米远,但是我一直没有放手。四周的人都朝这边看过来,终于也有人开始喊叫起来,他这才丢下车逃走了。

莫杰也看到了这一切,他飞奔过来,弯下腰伸出一只手将我从地上扶起来,而他的另一只手里,拿着的是一盒哈根达斯冰激凌。我知道,那一定是他给季佳买的。

他问:"你没事吧?"

"没事!"我拍拍裙子上的灰尘准备走开,但是我的膝盖很疼,几乎站不稳。莫杰一把扶住了我,我的脸瞬间变得通红。

"谢谢你啊,你真勇敢。"莫杰说,"要是车丢了,我妈非骂死我不可。"

"不会的,"我说,"你妈妈那么好。"

"你怎么知道?"莫杰问我。

"猜的。"我赶紧说。

"你真会猜。"莫杰说,"和你同学这么久,看来我还不了解你呢。我一直奇怪的是,开学的第一天你好像叫过我的名字,我们在哪里见过吗?"

"你不记得了?"我问他。

"我们是小学同学吗?"莫杰抓抓头皮说,"还是我们同校不同班?我真的不记得了。真对不起。"

"没什么。"我说。

这时,季佳走了出来,她很惊讶地看着我们两个。莫杰赶紧把手里的冰激凌递给我:"给你吃吧,你真的不要紧吧?"

我转身飞快地跑掉了。

006

后来，在学校里，莫杰还是很少和我说话，但班级中却开始出现有关我的流言，说别看我平日里不言不语，其实是个很有心计的女生。托这些流言的福，不少同学因此对我敬而远之，所以我一直没有什么新朋友。

新年到来贺卡满天飞的时候，我只收到了两张贺卡，一张是小丫的，另一张，是莫杰的。

莫杰在贺卡里写道："祝李沙学习进步。朋友：莫杰。"

我看着"朋友"两个字流了泪。

我又跟小丫打电话。小丫说："这么说来，莫杰是个很记情的家伙，你该告诉莫杰你们小时候的故事，他一定会想起来的，这样可以好好气气那个季佳。"

"不用了。"我说，"我永远都不会再提起。"

"一张贺卡就够了吗？"小丫问。

"对。"我坦然地说，"这就够了。"

第二天，是元旦。莫杰比我到得早，他在黑板上用彩笔写上四个刚劲有力的大字："新年快乐！"然后他喊我："李沙，你也来写啊，大家都来写上一句！"

我跳上讲台，一笔一画地写："祝大家学习进步！"

"这就对了。"莫杰在我身后说，"李沙，你应该要开朗一些才对。"

我背着他微笑，其实我还有一句话想写，那句话就是"我只记得你的好"。

我非常清楚，如果不是有莫杰带给我的那份温暖而美好的记忆，也许我就没有勇气来迎接这一年又一年新日子的到来。在我小学二年级的那一年，妈妈便生病离开了人世。本来就很穷的叔叔收养了我，他对我非常不好。我在一个个漫长的深夜里抚摸莫杰送给我的玩具，告诉自己，这个世界上还有爱我疼我的人存在，告诉自己一定要坚强。

谢谢命运，给了我和莫杰重逢的机会。往事如烟，也许莫杰什么都不记得了，但对我来说，这已经不再重要。

因为依赖一份只有自己记得的回忆，我已长大。

长到可以勇敢地面对人间所有的风风雨雨，这难道还不够吗？

学坏来不及

GIRLS HELP GIRLS

04

老K的童话

友谊是那么美好,
谁对它粗暴,
我就不会客气。

001

我是女生。

但大家都叫我老 K。

K，就是酷的意思。

我蛮喜欢这个外号，我拿它当自己的网名。在网上得到很多小美眉的关注和好奇，我喜欢与她们瞎说一气，尽情地享受一下做男生的美妙乐趣。

直到我遇到"道明寺"。

他一眼便看穿了我："小女生穿着马甲吧？"

我想打他一耳光，可是我下不了手。

我最近迷上了电视剧《流星花园》，用了双休日便看完了片子。看完后，我喜欢上了里面的道明寺。所以，就算明知道网上的这位是假的，也下不了手。

于是我说："尽管你长得歪瓜裂枣，但看在你披着道明寺马甲的份儿上，我正眼看你一下。现在，限你三秒钟从我面前消失！"

"呵呵。你比杉菜还凶。"说完,他又接着说,"而且比杉菜还漂亮。"

我在电脑前红了脸,嘴这么甜的男生,我还是第一次遇到。

我们两人很顺其自然地就聊起了《流星花园》。道明寺非常有趣,不时逗得我哈哈大笑,后来他索性为我"唱"起了那首《流星雨》。他打字还挺快,鲜红的字一行一行地往上跳。

陪你去看流星雨落在这地球上
让你的泪落在我肩膀
要你相信我的爱只肯为你勇敢
你会看见幸福的所在
……

唱完后,他还发了个鞠躬的表情:"送给老K。希望你喜欢。"我乐得眉开眼笑,还有些感动。

在他下线后,我开始想念他。

002

  我在网上遇到过无数人，但从来没有想念过任何一个网友。

  道明寺不一样。他说我漂亮，为我唱歌，还叫我小女生，我喜欢他这么叫我，觉得有些轻飘飘的美。

  其实我一点也不美，一米七的大高个，长得粗粗的。说起话来嗓门也粗粗的，黑黑的皮肤在妈妈给我买的黑色皮夹克的映衬下，让我看上去比同龄的女孩要大上好几岁。

  大家都说我像黑社会的大姐大，老 K 的绰号便是由此而来。

  道明寺让我发现了一个崭新的自己。

  这个自己让我喜欢极了。

  我开始中了网络的毒，骗我妈学校上晚自习，夜夜在网吧流连只为可以和他见上一面。哪怕有时候只能跟他说上几句话，我也会觉得开心。

其实我回家再晚,我的妈妈都不会担心的。我胆大,学过一点武术,甚至曾经在深夜的大街徒手救下一个被小混混欺负的少女。

少女名叫秋秋,和我一样念高二。不过她很娇小,看上去文文弱弱的,和我迥然不同,但这并不影响我们成为朋友。

我永远都记得那个下着雨的晚上,秋秋躲在我的怀里瑟瑟发抖的样子。当我告诉她可以叫我老K的时候,她的眼睛很迅速地亮了一下,然后对我说她一直都想做一个像我这样身强力壮的女孩子,那样她就可以不必怕她的继母了。

童话里的继母都不是好人,看来秋秋的继母也是这样。

003

我和秋秋熟了以后，她开始给我展示她的继母在她身上留下的伤痕。

那是秋秋的继母在秋秋还小的时候干的，虽然在时间的流逝之下，秋秋身上的伤痕只留下了一些浅浅的青，但看上去还是令人触目惊心。

我有些怒火中烧，秋秋安慰我："现在她不敢了，她知道我懂法律了。"

"你的事就是我的事。"我拍着胸口对秋秋说，"看以后谁还敢欺负你！"

秋秋笑得像朵花："老K老K你真好，你是我的偶像哦。"

"我有什么好？"我说，"大老粗一个。"

"不是啊，"秋秋说，"其实你也挺有女人味的，也很漂亮啊，你要有自信。"

我把耳朵堵起来。

班上的男生都在背地里骂我是"猪黑皮",因为他们打架打不过我。我不怕别人骂我"猪黑皮",但一听到"女人味"这三个字,倒是令我浑身不自在了。

秋秋好多次试图改变我,送我女生都喜欢的小饰物,我丢到一旁,看也不愿意多看一眼。但我喜欢秋秋依赖着我的感觉,这种感觉好极了。

其实在认识秋秋以前,我也没什么好朋友。像我这样的人,游离于男孩女孩之间,想要有好朋友,实在是难上加难。

像道明寺这样的朋友倒是不难结交的,我们几乎天天在网上见,话题也开始越来越广泛。他挺会说,常常夸得我自信满满。我只有出了网吧的门时,整个人才会稍微清醒一些。

004

自从我救下秋秋后,每个周末她都会来陪我看书或是约我出去玩。

我当然跟她说起了道明寺。

秋秋嘻嘻笑着靠到我肩上来:"老K哦,你终于情窦初开啦。"

"唉!别胡说!"我说,"只是聊得来而已啊。"

"总之呢,老K和以前有一点点不一样了。"秋秋用眼睛上上下下地看我,看完了说,"让我们老K妩媚多了的男生会是谁呢,我真想见识见识哦!"

我一拳打到她肚子上,只是一不小心下手重了,她蹲在地上疼得脸色都发青了,我赶紧扶她起来替她揉肚子。她一边哼哼着一边说:"老K啊老K,你还是赶紧谈恋爱吧,不然你永远都淑女不起来。"

"嘘!"我示意她噤声,因为我听到我妈妈正走过来的声音。我没有女孩样是我妈妈最大的心病,要是被她听到这样的话题，不知道又要数落我多久。

果然，她看看我又看看秋秋说："朱玲，天气都这么热了你还不穿裙子？女孩子穿裙子多精神！"

全世界都快知道我叫老K了，只有她还叫我朱玲。不过她不知道也好，不然一定会气得三天吃不下饭。我反驳她说："你大错特错了，穿裙子哪有穿裤子精神，跑起路来都跑不快。"

"是走路，走路！"她气急败坏地说，"不是跑路！"

秋秋笑得喘气："阿姨，你们母女俩就像是两姐妹，好玩好玩！"

这下轮到我气急败坏了："我有那么老吗？"

妈妈则笑眯眯地把秋秋一搂说："朱玲要是有你的一半，我睡着了都要笑醒。"

妈妈喜欢秋秋的样子一点也不假，我心里有点犯酸，不过很快就过去了，谁让我是那种大大咧咧的人呢。换个角度来讲，大大咧咧也是福。

005

我照例送秋秋回家，不过我从不进她家。她家住在我们这里的富人区，全是一幢幢的小别墅，小区门口是凶巴巴的保安。秋秋指着一辆疾驰而过的小车说："瞧，那就是我继母的车，我日日夜夜祈祷她早点出车祸。"

"呀！"我说，"没看出来，秋秋你也够狠的。"

"全是跟她学的。"秋秋咬着牙说，"你知道我被你救了的那晚回到家，她说什么吗？她居然看着我讥讽地说，你怎么不穿更短一点的裙子？活该！"

我拍拍秋秋说："别想那么多，等到你考上大学，就可以脱离这种生活了。"

"我不怕的。"秋秋向我展露笑容说，"我要像老K一样勇敢无畏。"

我向她竖起大拇指。

和秋秋分手后，我又拐进了网吧，谢天谢地，道明寺在。

我单刀直入地问他："你喜欢温柔的女生还是酷一点的女生啊？"

"酷的。"他毫不犹豫地说，"像老K这样的啦。"

"你怎么知道我是怎样的？"

"反正在我心里你是很可爱的。"他说，"很可爱很可爱的老K。"

"你要是见了我就不会这么想啦。"我主动招供，"我这人没一点女孩的样子，生活中也不太受欢迎的呢。"

"那是他们没眼光。"道明寺说，"可爱是一种感觉，和相貌无关。"

"谢谢你，道明寺。"我很真诚地说，"跟你聊天我忘记了所有的自卑。"我忽然很想听听他的声音，我跟他要电话号码，可他没有给我，他说："网友还是不要走得太近，这样会更美一些。"

我同意他的看法，没有再坚持，只是有些失落。

但是他给了我地址，告诉我可以给他写信。

他竟然和秋秋住在同一个小区。

有钱人家的孩子。

我忽然又自卑起来，有些黯然地下了线。

006

我没有告诉秋秋这些，但每次再送她回去的时候，我会很留意那些在小区大铁门里进进出出的男生，看到和道明寺年龄相仿的，心便狠狠地跳起来。好几次秋秋都问我："老K你在看什么呀？好像魂不守舍的。"

"没，没什么。"我欲盖弥彰地说。

那个穿白色运动服的男生我看到过好几次了，他真的有些像道明寺呢，特别是他的发型，可是我不敢多看他一眼。

我忽然很感激道明寺不给我电话以及没提出要见面之类的要求，我们两个这样就挺好，在一个帅帅的男孩的心里，老K很漂亮很可爱，这有什么不好呢？

我们依然在网上聊天，依然聊得很开心。

我很满足。

夏天快来的时候，我第一次穿上了裙子。

妈妈开心得下巴都快要笑掉了。她盯着我看了又看说:"朱玲,我早说你穿裙子不难看啊,你就是不相信我。"

我在镜子面前照了又照,有些担心地想,不知道班上的同学看到我这个样子,会不会吐出来。

最终我还是没有穿裙子去学校,不过周末秋秋来的时候,我穿给她看了。她说的话和妈妈一模一样,只是多了一句:"你再把头发留长一些,会更好看一些。"

"是不是真的?"我粗声粗气地问她,"你要是骗我,我就宰了你。"

"是真的。"秋秋很认真地说,"等我们都考上了大学,你的头发应该很长了,我们买条更美的裙子,我陪你去见你的道明寺!"

我有些心动。

好像童话里的灰姑娘,已经看到了那双美丽的舞鞋。

心里有了滋滋润润的幻想,日子便开始变得不一样,学习起来仿佛也有了更多的动力。

期末考试快来的时候,我不能天天去网吧了,我开始跟道明寺写信。

不过,他只给我回 E-mail(邮件),理由是他的字写得不太好不好意思写信。

他说他也在努力地备考,还说等到某年某月的某一天，他一定会带我一起去看流星雨。

信的末尾还写道："加油！努力！"

挺可爱的道明寺，不是吗？

007

期末考试前的那个周末,秋秋没有来我家。

没有她和我面对面地温习,我仿佛觉得少了些什么。

我第一次打电话到她家,是一个中年女人的声音,警觉地问我找她有何事。

"没事。"我说,"我是她朋友。"

"没事随便打什么电话!"那边很凶地把电话挂了。

直觉告诉我,秋秋出事了。

我下了楼骑上自行车,飞也似的骑到秋秋家的小区。

但是那些保安却不让我进,一个年轻的警卫悄悄把我拉到一边说:"是找你那个朋友吧,今天早上刚刚被警车带走。"

我的脑子里一片轰轰乱响,连忙问道:"你是说秋秋?为什么,为什么?"

"她用古董花瓶打破了她妈妈的头,她妈妈伤得不轻,送到医院里了。"

我又飞快地骑车到公安局，他们也不让我见秋秋。

我心急如焚，决定赶到医院，我想看看那女人到底伤得怎么样。那么软弱的秋秋能下狠手，一定是被她逼的！

我在医院问了很久，才问到秋秋继母的病床。

走到病房外时，我就发现，其实她伤得一点也不重，不然她也不会有力气那么大声地说话。

她正在跟同病房的人大声地哭诉："养这样的女儿有什么用！你们给我评评理，我不过拆了她的一封信，再说那信也不是她的名字啊，什么道明寺收，鬼知道道明寺是什么鬼东西！她居然要告我，说什么偷看他人信件是犯法的，我只好甩她两耳光……"

我虚虚晃晃地站在医院充满消毒液气味的长长的走廊上。

008

再见到秋秋,已经是暑假了。

她的头发剪得很短,站在我家楼下。是妈妈告诉我的,我不知道她站了多久了,夏天的夜风吹起她衣服的一角。她听到我的呼喊,抬起头来,我看到她瘦削的脸、明亮的大眼睛和欣喜的笑容。

我百米冲刺般地跑下楼。

她低声说:"对不起,老K,我骗了你,我就是那个道明寺。我知道你会恨我,可是,可是我只是希望你能变得更好一点。"

"我知道,我知道,"我拼命点头说,"我都知道。"

"友谊是那么美好,谁对它粗暴,我就不会客气。"秋秋说,"就算是坐牢也不会客气。"

我紧紧地拥抱秋秋。

我想告诉秋秋,她给我的一切就算只是一个童话,可是,天知道我有多么喜欢它。

学坏来不及

GIRLS HELP GIRLS

05

和爱无关
的故事

男生女生是不是不能有
真正的友情？

001

春天的黄昏，微雨。

我喜欢这样的天气，可以不用打伞，但也不必担心感冒。远处的天是暗黄色的，浅浅地缀一边光亮的白，像我喜欢的一幅油画的背景。

和千晴分别后，我一个人不急不缓悠悠闲闲地走在回家的路上，然后我就看到了他。

他是一个很秀气的男生，甚至有些单薄，穿着毛衣，站在我家楼房前的花台边。

我敢打赌，这是我第三次看到他。前两次好像也是这个时候。看到我，他的头很迅速地转开了，装模作样地望着天空。

我没有理会他，可是当我的脚跨上第一级楼梯的时候，身后却传来一声陌生的呼喊。

"喂！"

是他。

"喂！等一下好吗？"他朝我跑了过来，看得出来他比我还要紧张，因为他的鼻尖上全都是汗珠。

"有什么事吗？"我好奇地问。

"我想问一下，王湘怡是不是住在这里的402？"

"不知道！"我摇摇头。

我并没有骗他，这里是开发公司的房子，我们家搬来这里快半年了，可是我连对门姓什么都不知道呢。

"那这里是海星小区2幢2单元吗？"他继续向我追问。

"是的。"我说。

"那就对了。"他埋头从书包里掏出一封信说，"可不可以请你替我把这封信送给402的王湘怡？我知道这有些唐突，可是，真的，请你帮我这个忙好吗？"他真的太紧张了，说话都结结巴巴。

"情书？"我有些开玩笑地问他。

他突然涨红了脸，一点也不像我们班上那些没脸没皮的男生。

不知道为什么，我忽然就同情起他来，然后我鬼使神差地说："好吧。"

"太谢谢了！"他朝我微微鞠躬，"请一定亲手交到她手里，好吗？"

"好吧。"我承诺他,"保证完成任务。"

他千恩万谢地离开,走时还恋恋不舍地不停回头。这样的男生,真是少见。

002

我捏着那封信往楼上走。

信很厚,好像里面还有贺卡什么的。我看了看,信封上的字很帅气,可是没有落款。

我家住在六楼,我一直不知道四楼有个叫王湘怡的女中学生。我猜想她一定是一个女中学生,和那个奇奇怪怪的男生同班也不一定,要么他们是笔友,或者,是网友。

我带着无限好奇的心按响了402的门铃,出来开门的却是一个二十岁左右的大姐姐。她很漂亮,特别是那双眼睛,简直比陈慧琳的还要好看。我都差点看呆了,好半天才反应过来,问道:"请问这里有个叫王湘怡的吗?"

"我就是啊。"她笑眯眯地看着我说,"有什么事吗?"

"有人托我带封信给你。"我把信递给她说,"我住在这里六楼。"

"谁？"

"一个男生。"我耸耸肩说，"他给了我，自己就走了，男生都是这样没头没脑的，对不对？"

"哈哈哈……"她很爽朗地笑起来，拍拍我的头说，"再见啊，小妹妹。"

说完，门轻轻地就关上了。

连声谢谢也没有！

我有些不满地站在她门口，冲着紧闭的门做了个鬼脸。哎，漂亮的女人都是这样不把人放在眼里的。我整个晚上都在想那个男生，他看上去应该和我差不多大，顶多十五六岁吧。我想他一定是被那个叫王湘怡的漂亮姐姐给迷得不轻，所以才会写了情书又不敢亲自交给她，可真是够惨的。

"可不？"千晴听说后也完全同意我的看法，恋爱专家一样地说，"我最不看好的就是姐弟恋了，就像之前的王菲和谢霆锋，就算没有张柏芝，分手也是必然的事。"

"呸！"我啐她，王菲是我的偶像，我可不想多听关于她的伤心事。

003

我没想到的是还会遇到那个男生。

星期天的时候,我去图书馆的青少年阅览室,想找一些和哈利·波特有关的资料。

最近哈利·波特在我们班特红。

我们班就是这样,喜欢什么都是一窝蜂。比如PalaPala舞啦,F4啦,几米的漫画书啦,谁要是参加不了课余的讨论都会被别人笑个半死的。

结果好了,老师现在竟然要求我们每个人都写一篇《哈利·波特》的读后感!

更过分的是,不许少于三千字,并且还要有自己独特的想法。

这不要了我的命嘛!

千晴他们都比我幸运,可以到网上去查询,而我家自从买了房子以后,用我妈妈的话来说就是"经济一直处于疲软状态",电脑的事要放到明年的议事日程。

我只好灰溜溜地来图书馆找资料。

阅览证是老早就办好了，可这还是我第一次用，摸上去簇新簇新的，我怪不好意思地把它拿出来，借了几本相关的书。

刚一坐下来，就发现对面的那个男生很面熟，仔细一想，差点跳起来，可不就是那天要我送信的那个。

他也瞄了我一眼，可是他竟然没认出我来，又把头低了下去。

真是没良心。

我恶作剧地咳嗽了一声。

他又抬头看我。

我看他还是一脸茫然的样子，忍不住小声问他："那个王湘怡，她给你回信了吗？"

这下他想起来了，恍然大悟地"哦"了一声："是你啊，那天谢谢你啊。"

看来他不愿意回答我的问题。

此时，阅览室的老师已经在冲我瞪眼睛，我只好乖乖地闭了嘴，埋头看起我的书来。

几本书唰唰地翻过，也没有找到一丁点儿灵感。

我这人写点抒情的记叙文还勉强，一提到议论文就不知道该怎么下笔。

平日里挺可爱的哈利·波特,此时却变成了一个讨厌的小黑点,在我眼前跳来跳去就是抓不住。

我忍不住烦闷叹了口气,又恨恨地踢了一下阅览桌。

004

他感觉到了，再抬起头来看我，我的目光和他相接的时候，他突然说话了："你遇到什么麻烦了吗？"

"是。"我说，"本小姐正为一篇作文发愁。"

"是要写哈利·波特吗？"他看了看我手中的书，然后问道。

看来他还不笨，我点头说："你完全猜对了。"

"我们刚写过啊。"他说，"老师们全是一个套路。"

"嘿嘿。"这下我开心了，"借我抄抄吧，反正我们不在一个学校，不要紧的。"

"不好吧？"他说。

"算啦！"我撇撇嘴，我可不喜欢求男生做事。

"那你等我。"他又突然改主意了，"我家离这里不远，你等我回家给你拿作文本。"

我立刻转怒为喜，生怕他后悔，又赶紧朝他绽放一个甜美的笑容。

他愣了一下，脸又唰地红了。

我在心里暗笑，就凭他这一点点定力，居然敢去追那个叫王湘怡的漂亮大女生，实在是不可思议到了极点。

我在图书馆的门口等他。

果然，他很快就来了，还骑着一辆山地自行车，显然是不想让我等得太久。我很感激地接过他递过来的作文本，这下我终于知道他的名字了。

他叫韩旋。

我由衷地说："韩旋，你的字写得很不错啊。"

"作文也不错啊。"他很臭屁地说，"就这篇《我读〈哈利·波特〉》，老师给了我最高的分呢。你可以借鉴一下，但是最好不要全抄啊。下周这个时候，我还会来图书馆，到时候你也过来还给我就是了。"

瞧他那样，还以为自己是韩寒呢！

"好吧。"我毫不客气地收起来，"不过话说好，我帮你一次，你帮我一次，我们谁也不欠谁哦。"

他笑了，露出一口洁白的牙，然后说："不过还有件事不公平。"

"什么事？"

"我还不知道你的名字呢。"

"我叫安然。"我大大方方地说,"很高兴认识你。"

我没有跟他握手,我自己倒没什么,主要是怕他的脸再次红得像猪肝。

005

晚上的时候,我趴在床上看他的作文本。

别说,韩旋的作文写得真是不错。形容词不少,很有文采的样子,反正打死我我也写不出这样的东西来。我有些嫉妒他,吃不到葡萄嫌葡萄酸地想,他是写情书才练就这身本事的。

不过我很开心,有了韩旋的帮忙,我今晚不用熬夜咬笔杆了。

我把韩旋的文章原封不动地抄了一遍。

第二天一大早我就神清气爽地上学了,第一个向课代表交了作业。

可是令人意外的是,老师并没给我高分。

相反,老师在我的作文旁边批注了一行让我脸红的小字。

"请用认真的态度对待每次的作文,作文如做人!请重写!"

老师的意思很明白,我的作文是抄的,我达不到那么高的水准。

千晴一把抢走了我的作文本,看了批语后,她用非常同情的语调对我说:"抄也是要水平的。我都是在网上复制的,可是你看老师就愣是没看出来,至少没沦落到重写的悲惨命运!"

我气呼呼地抢回我的本子,没良心地想,都怪那个叫韩旋的,谁让他把文章写得那么好,他要是水平一般,我不就也不会穿帮嘛!

我把本子还给他的时候也照这么说了,他幸灾乐祸地笑起来说:"我不是让你借鉴吗?谁让你原封不动地抄呢!"

"算了,"我说,"算我命苦,我回家瞎写一篇吧。"

"等等。"他喊住我,"我给你讲怎么写,然后你用自己的语言把它写出来,这样一定能行的。你看好吗?"

"为什么对我这么好?"我警惕地看着他。

"我有条件。"他想了想后说,"我想请你替我看看王湘怡她现在到底跟谁在一起,可以吗?"

"呀?"我说,"那我哪能知道啊。"

"你想办法啊。"他说,"你要答应我,以后你的作文我全包了,保证让你不再为作文发愁。"

"我考虑一下。"我装模作样地说,其实心里早就同意这个条件了。

006

说来也巧，甚至可以说是天助我也！

那天回家，我就刚巧看到了王湘怡。她和一个很帅气的男生手牵着手站在小区门口吃臭豆腐，一边吃一边甜甜地笑着。

我飞奔到家里打电话给韩旋，告诉他我收集到的最新情报。

韩旋听后急急地问我："那男生戴眼镜吗？"

我想了想，肯定地说："不戴。"

"个子高吗？"

"很高。"我说，说完了又补充了一句，"还很帅哦。"

韩旋在那边沉默了。

我想他心里一定挺难过的，可是我也不知道该说什么安慰他的话，只好匆匆地挂了电话。

不知为何，我喜欢上了每周六到图书馆。

我常常去得很早，坐在那个老位子上，等那熟悉的脚步声响起，等韩旋微笑着朝我点点头，我把那周的作文题目微笑着推给他，再等他把提纲写好后推还给我。

图书馆里的书很多，我在等待的间隙里翻看它们，开始慢慢地感受到阅读的乐趣。

有时候我们一起走出图书馆，会说几句无关紧要的话。韩旋给我推荐了很多的好书读，他还告诉我，他最大的理想就是当一名作家。

只是关于王湘怡，他是不会说了。

他不说，我当然也不会说了，我看到王湘怡换了好几个男朋友我都没有跟他说。

不过，我开始常常在千晴面前说起韩旋，说他那天穿的是什么衣服，走起路来是什么样子，他让我看的书多么多么有趣，他写的文章多么多么好玩。

等我说完了，千晴有些紧张地看着我："完了，安然，你一定是爱上他了呀！常常说起的那个人，一定是你最在乎的人。这是千古不变的道理啊。"

"神经。"我懒得跟她理论。

可是回到家里后，我一个人想着千晴的话，却有些害怕了。

我也不知道自己怕什么，反正就是心里慌里慌张的。

我决定，以后再也不去图书馆了。一个莫名其妙的男生，忘了就忘了呗，有什么了不起！

007

到了周末的时候,我终于还是没忍住去了图书馆。

只是,这一次,我没有等到韩旋。

之后的两个周末,我也没有等到他。

那天,我把手里的最后一本书还掉的时候,忽然觉得很好笑,我来这里做什么呢?又有什么好等的呢?

我跟韩旋,不过是两个陌生人,两个根本就不相干的男生女生,也许,他早就不记得安然是谁了呢。

我再也不去图书馆了。有好几次我拿起电话来,最终也没有拨出那个在心里念得滚熟的号码。

也许我不算优秀,可是也一直都是一个自尊心很强的女孩子,既然我不在别人的心里,又何苦为难自己呢?至少可以在心里为自己的洒脱鼓掌吧。

可是每天当我经过王湘怡家门口的时候,我总是会想到他。只是很短的一瞬间,想完了,我就不允许自己再想下去了。

时间是飞速转动的车轮,一转眼,春天完完全全过去了,夏天也过去了一半。

那天晚上我下楼倒垃圾,刚走到楼下,就听到有人嘤嘤哭泣的声音。我定神一看,不是别人,竟是美女王湘怡。

等我扔完垃圾回来,她还在那里没休没止地哭。

"喂!"我忍不住喊她,"喂,干吗哭啊?"

她抬起头来看了我一眼,忽然上前一步,抱住我失声大哭起来。

我吓了好大一跳,笨拙地拍着她:"哎呀,你别哭了,别哭了,有什么事说出来就好啦。"

"你让我哭一会儿。"王湘怡说,"我太想哭了。"

"那回家哭吧。"我说,"给别人看见多不好啊。"

"不行。"王湘怡说,"我家有人呢。"

我跟她说了会儿话,她哭得不是那么厉害了,我赶紧说:"那我们就去那边的角落吧,这里人来人往的。"

"不用了。"王湘怡忽然又变得正常起来,她抹抹眼泪说,"哭过了,好多了,你别管我了,快回家吧。"

我觉得她一惊一乍挺抽风的,可是她看上去好像真的有些伤心,我也就不好说她什么了,然而嘴里却溜出一句我自己都意想不到的话:"你还记得韩旋吗?"

"韩旋？"王湘怡想了想，问我，"韩旋是谁？"

"没什么，也许是我记错了。"告别王湘怡后，我往楼上走，心里觉得堵得慌，也不知道她是在为谁伤心又是为谁哭泣。

反正不是韩旋，她甚至连韩旋的名字都不记得。

008

难道这就是爱情的真面目？

我无法克制地拨打了韩旋家的电话，那边很清楚地告诉我打错了。我拼命地回想那个号码，应该是没有错的。我再打，那个女的听到我的声音后，很凶地挂了电话。

我很多很多天都快快不乐。

千晴说我得了忧郁症，然后她小心翼翼地在我面前提起韩旋，问我他现在怎么样了。我说不知道，说完后我问千晴："男生女生是不是不能有真正的友情？"

我的问题好像很难，要不然，为什么听到我的问题后，千晴愣了半天，却什么都没有说。

又是很多天过去了，秋天的一个上午，风很大，黄叶在窗外尽情地飞舞。千晴递给我一封信，一看信封上的字，我就知道是谁写来的！

是韩旋！

我迫不及待地拆开它。

安然：

  你好！很久不见了，你还去图书馆吗？还在为每一次的作文头疼吗？

  可惜，我不能帮你的忙了。收到这封信的时候，我正在北京的一家医院里，等待一台对我的生命来说举足轻重的手术。

  我从小身体就不好，初一的时候，因为身体不好不得不休学一年。那一年，一直都是班主任童老师在给我补课，因为这个，童老师总是误了和女朋友的约会，并且为此失恋了。

  为了替老师挽回恋情，我模仿老师的笔迹，给他的女朋友王湘怡写了一封声情并茂的情书。就在我思考到底该送还是不送那封信而举棋不定的时候，我遇到了你。直觉告诉我，你是一个值得信赖的朋友，我的直觉很厉害，对吗？

  本来以为我的信没有起到任何作用，可是最近我接到童老师的电话，他告诉我，他的女朋友又回到他的身边了，就是因为那封信，她认识到什么是真正的爱。

  所以，我一定要写封信来谢谢你。

  我很想念你这个朋友，祝你一切都好，但愿我们还有再次相见的机会！

握手!

你的朋友：韩旋

原来是这样!

我觉得自己真的是好傻，竟然曾经那样花痴地误会过韩旋。

不过，我也很为那个童老师高兴，他真是个好心人，应该有一个漂亮的老婆。

我用了整整一个晚上给韩旋写回信，又用了整整三个晚上给他叠千纸鹤。

我在叠千纸鹤的时候，又想起我曾经问过千晴的那个问题。

我想，我已经清楚地知道了答案。

学坏来不及

GIRLS HELP GIRLS

06

你是我哥哥

那么多不快乐的事情，
如何在一刹那全忘掉？

001

很长一段时间，我都觉得，奇多是个挺没劲的男生。

他姓祁，叫祁志伟。名字念起来倒是响当当的样子。不过，我一直习惯叫他奇多，叫了N年了。你要问我奇多的真名，我反而还要愣一下才能想起来。

对，我跟奇多认识真的有N年了。

我们两家是世交。奇多的妈妈是我的干妈，而我爸爸，是奇多的干爸。关系听起来怪复杂的。而且我和奇多在幼儿园和小学的时候一直都是同班同学。

奇多小时候是我们班最坏的，上课从不好好听讲，要是玩老鹰捉小鸡的游戏，他总会从队列里冲出来，张牙舞爪地把我们赶得七零八落。

而我？我一直是聪明绝顶的那种，做什么都容易拿到第一，每次露脸的事总会轮到我。

所以，平时如果他们四个大人碰到一起，多半就会开我的表彰会和奇多的批判会。

通常，在那个时候，奇多看都不愿多看我一眼，眼神要是对上了，头就扭过去再扭过去，表情相当叛逆和不屑。

初中的时候，奇多的爸爸做生意发了财，买了一套很大的房子，住得离我们老远。我和奇多也终于不在一个班念书了。

关于奇多的故事，多半是从妈妈嘴里得来的：奇多长到一米七了，奇多又和人打架了，奇多又逃课了，奇多居然恋爱了，奇多又把干妈气得一把鼻涕一把泪的了。

我依旧很听话地长大，做我的优等生，每年把一大把的获奖证书带回家。

那时的每个周末，干妈都把我接到她家里，她希望我能带着奇多一起看看书。所谓近朱者赤，近墨者黑，干妈认定我可以把奇多带到正道上来。

002

奇多烦我烦得要命,叫我"飞婆"。

他妈要是不在,他就会变着法气我,想把我从他家气走。弄坏我心爱的小提琴就算了,最可恶的一次就是,奇多竟然把一只不知道从哪里弄来的小白鼠放进了我的饭盒里,恶心得我一整天没吃下饭。

奇多的爸爸是个粗人,知道这件事后,气得抡起皮带就抽他,一抽就抽到了脸上,抽出好长的一条血印。

奇多一声也没吭,我却尖叫一声,哭着喊别打了别打了,冲上去抢下了那条皮带。

那晚我们第一次有了真正的对话。

他说:"飞婆,你假惺惺的,我一点也不感激你。"

我说:"奇多你死没出息,我一点也瞧不起你。"

"谁要你瞧得起?白痴!"

"谁要你感激?大白痴。"

他先住了嘴,可能是觉得跟小姑娘斗嘴也没啥劲。

不过后来他很少出去玩了，常常躲在阳台上看英语书，要是有人走近了，他就在嘴里哼流行歌曲，装模作样的。

令我们跌破眼镜的是，中考过后，奇多居然以高出一分的成绩考进了重点学校。我干妈神通广大，又把他弄进了重点班。这不，我们又是同班同学了。

高中生活并不像我想象中的那么有趣。

新班级里高手如云，大家都各有各的绝活，我很难像初中时那么明显地出位和引人注目。不过，我还是报名参加了班长的竞选，我有着担任五年班长的经验，自信不会输给谁。

而我最强有力的竞争对手，是米妮。

米妮是直升到我们学校的，她是全市"十佳中学生"之一。米妮人很漂亮，做事干练，有着很强的组织能力，同时还是省电视台中学生节目的业余主持人。

我俩的竞选演说都得到了大家热烈的掌声。可是最终，我还是以一票之差落选了。

我跟米妮握手，由衷地祝贺她。

下面却有人哈哈大笑起来，这个人不是别人，就是奇多。

大家都被他逗笑了，老师呵斥他："祁志伟！有什么好笑的？！"

"觉得好笑就笑呗。"他顶嘴说,"难道重点中学连笑也禁止?"

全班更是笑得一塌糊涂。

只有我清楚地知道,他是真正的开心,幸灾乐祸,巴不得我丢脸丢到好望角。

003

无官一身轻,我每晚读书拼到深夜十二点,只想着一定要在期中考试中好好出一口气。

奇多对学业还是那么漫不经心,但我很快就发现,奇多在班级里有着很好的人缘。下课的时候,总有好多的人围着他听他胡吹海聊,虽然他说的那些东西往往都是从网上看来的无聊信息,可是偏偏就是有那么多的人喜欢。

相反,我没有朋友,很寂寞。

十月,学校的艺术节。

米妮和文娱委员找到我,希望我能来一段小提琴独奏。

这是我的强项,但是我婉言拒绝了。

我笑着对米妮说:"对不起,我的小提琴坏了。"

"那我们去借一个吧,"米妮说,"我可以借到的。"

"别人的我拉不惯。"我说。

"你的小提琴不是早修好了吗？"奇多不知道从哪里冒了出来，"我到现在还没有机会再弄坏它呢。"

米妮狐疑地看着我和奇多。

"神经病。"我理都懒得理他。

我到底没有参加学校艺术节的演出，而无论如何我也没想到的是，奇多竟然参加了，唱的还是一首流行歌曲，周杰伦的《星晴》。

手牵手，一步两步三步四步，望着天
看星星，一颗两颗三颗四颗，连成线
背对背，默默许下心愿
看远方的星，如果听得见
它一定实现
……

我们班四个女生为他伴舞，米妮也在。

虽然平时常听他哼哼，但这也是我第一次听奇多正儿八经地唱，还真像那么一回事。奇多一曲终了，观众席掌声雷动。

一大群男生高喊着："小祁小祁我爱你，就像老鼠爱大米！"

奇多听后笑了起来,脸上是那种酷得要命的表情。

毋庸置疑,是他掀起了整场演出的高潮。

我有些不相信自己的眼睛,我想,这一幕要是干妈看到了,也会跟我一样,一定不会相信自己的眼睛。

在大家轰轰烈烈的掌声里,好像这是第一次,我感觉奇多站在了我的前方,用凌驾于我之上的微笑击毁了我的自信和自尊。

004

晚上，我独自在阳台上拉小提琴。我是多么喜欢小提琴，虽然很久没有认真地拉过了，可是我的技艺一点也没有生疏。

拉着拉着，我就莫名其妙地掉下泪来。听到妈妈走过来的脚步声，我赶紧把泪擦掉了。

妈妈说："小飞好久不拉琴了，今天怎么有兴致啊？"

"再不拉会忘掉啦！"我闪烁其词。

"念高中是会更忙一些。"妈妈摸摸我的头发说，"你和奇多在一个班上，你要多照顾和提携他，你干妈对你真是不错！"

"哦。"我说。

妈妈不知道，奇多哪里需要我的照顾和提携。

"他这孩子皮是皮点，但是我看他很聪明，会有希望的。"

"是啊，"我把琴收起来，酸酸地说，"他希望大着呢。"

"小飞，"妈妈看着我的眼睛说，"我发现你最近好像精神状态不是太好，是不是遇到什么不开心的事情了？"

"哪有。"我赶忙说，"高中课程太紧，我怕成绩掉下来。"

"也不是一定要你拿第一。"妈妈宽容地说，"妈妈没那个要求，在重点中学里，成绩能上前十名我就满意了，你自己要放松些。"

"不能让妈妈失望嘛。"我对她笑笑，进房间做功课去了。

但是我有些做不进去，脑子里都是奇多的歌声、米妮她们的舞姿和那些哗啦啦的笑声和掌声。

那好像是一个离我很远的世界，我有一种无论如何也走不进去的窘迫和恐慌。

在我成长的岁月里，这种带着挫败感的滋味好像还是第一次和我如影相随。我提醒自己要振作，不可以认输，在新班级里，一定要有出人头地的那一天。

也是在我徒生出挫败感的时候，奇多渐渐成为班上受人瞩目的男生。

有人说奇多的歌声像周杰伦，性格像谢霆锋，笑起来又像陈冠希。

啊呸呸呸！在我看来，这些评价都离谱得要命，如果要说奇多长得帅，那么走在街上的但凡是个男生都能说是帅哥！

005

周日的下午,我去给干妈送我妈妈替她做好的睡衣,奇多正坐在电脑前玩得眉飞色舞。

干妈训斥他:"不许玩了,该去看书了!期中考试你要是考班上最后一名,丢你自己的脸,也丢人家小飞的脸!"

"干吗丢她的脸?"奇多说,"我跟她有屁的关系!"

干妈作势要打他,我拉住她说:"说得对,我跟他有屁的关系!"

干妈吃惊地看着我说:"小飞,你怎么也学会说粗话了?"

奇多嘿嘿地乱笑起来:"你以为呢?这世上并不只有你儿子粗俗。"

"少摆酷pose(姿势),恶心。"我啐他,然后跟干妈告别,告诉她我要回家看书。

"别装乖乖女!"奇多的声音从后面跟了过来,"没当上班长也不至于就变成这个样子吧,你以前不是挺神气的吗?哈哈哈。"

他终于被干妈打了,我听得清楚,很清脆的声音。

我夺门而去,没有回头。

期中考试终于结束了。

也许是患得患失的缘故,我的成绩相当不理想,进校时我的成绩在全班排名第八,现在居然跌到了十名之外。

为此,我整日郁郁寡欢,提不起精神。为了让我放松一下,我妈和干妈策划了一次双休日的旅游,到什么度假村,打算让我散散心。奇多首先表示不去,不过听说可以打猎后,他又动心了。

我压根也不想去,但是我不想让他们伤心,也只好勉为其难。

这真是一次别扭的旅行。

大人们玩得好像比我们都开心,像孩子一样。奇多没打到真正的动物,只能站得远远的地方打两下飞靶。那枪老得掉牙,我根本就没兴趣去握它一握。

很快,奇多也觉得索然无味。大人们忙着烧烤的时候,奇多开始躲在木头小屋的后面抽烟,烟灰就这样掉在草地上,看上去让人心惊肉跳,不过我懒得说他。

我坐在草地上晒太阳,阳光不错,季节正往冬天走,有这样的阳光真是相当不错了。

奇多忽然喊过来:"喂,是不是无聊啊?"

"关你什么事!"我说。

"抽根烟吧。"他把烟盒往我面前一递,挺流氓的样子。

我躲开他,转身朝着另一个方向。

"不用那么酷吧?"他说,"你最近好像变了很多哦,没以前那么张扬了,不过好像也就显得没那么讨厌了。"

我又转头跟他说:"你闭嘴,我不想跟你说话。"

"不碍事。"他说,"想说的人多着呢。"

臭屁男生。

006

就在这时,远方有人大声地喊着我和奇多的名字,我看了一眼,那人朝着我们跑了过来,仔细一看,竟是米妮。

她穿着一身粉红色的漂亮衣服,背着一个漂亮的小包包,看着我们说:"祁志伟,杜菲飞,你们怎么在这里?"

"那你怎么在这里?"奇多反问她。

"电视台拍外景。"她笑起来的样子可真甜,"把我拍累死了。"

"累死了就不拍呗。谁用绳子捆着你不成?"

"祁志伟你真逗。对了,你们怎么会在一起的?"她好像对此很感兴趣,一直盯着我的脸。

"我约她来的不行吗?"奇多流里流气地说。

"别听他的。"我笑着说,"我们两家一起来玩的。"

"两家?"米妮有些听不懂了。

"我们青梅竹马,指腹为婚。"奇多越发胡说八道起来。

米妮有些牵强地笑了笑,刚好那边有人叫她,她挥手跟我们告别,然后走远了,一边走还一边回头来看我们两眼。

"哈哈哈。"奇多纵声大笑,然后又低头问我,"你信不信,她在网上给我写过情书?"

奇多骗小姑娘一套一套的,这一点,我信。

但是我还是不吱声。

我就是不让他遂心。

"你别老这样。"奇多说,"笑一下难道要死人吗?"说完,他大步大步地走开了。我朝他的背扔一块大石头,明明扔中了,肯定很疼,可是他却头也没回。

烧烤的味道不错,我吃得蛮欢,奇多却只是皱着眉头吃了一点点。我爸爸问他:"怎么,要减肥?"

他闷闷地说:"对着有些人的脸,我吃不下!"

"奇多!"我怒不可遏地站起来说,"你滚,滚得越远越好!"刚骂完奇多,我的眼泪就下来了。妈妈一把抱住我说:"吵什么吵?一起长大的兄妹怎么搞得像冤家似的呢?"

奇多早溜得老远,一定是去看米妮拍电视去了。

"什么兄妹兄妹的!"我朝着妈妈大声喊,"谁再这样说我跟谁不客气！"

他们却哈哈大笑，一点不理会我的愤怒。

我真恨不得杀了奇多。

007

没多久,班里传出了奇多和米妮恋爱的消息。

一次全校的晨会上,米妮代表学生发言,大家就都把目光投向奇多,大胆的人再嘿嘿地坏笑一通。

这事儿大概被班主任知道了,奇怪的是,班主任谁也不找,偏偏把我找过去问话,问我知道多少。

我说我什么也不知道。

班主任一瞪眼,说:"怎么可能?祁志伟的妈妈不是你干妈吗?"

"那又怎样?他是他,我是我。"我强调说,"他的事与我无关。"

"好吧,我找你来是想告诉你,我想让你接任班长。"班主任说,"我看过你的档案,你的能力并不比米妮差。"

"老师,"我可不想捡个班长来当,本能地拒绝,"我还是想把主要精力放在学习上,我最近成绩不太理想。"

"不冲突。"班主任说,"你做好心理准备。"

米妮的班长真的很快被撤下来了,有人说中午的时候亲眼看到奇多和她在教室里接吻。

这还了得!

班主任在班会上宣布:"班长由杜菲飞同学接任。她有五年做班长的经验,我们鼓掌!"

我有些措手不及。

但我还是站了起来,表示我会尽力当好这个班长。米妮一直低着头,她没有看我。我怪不好意思的,可是这能怪谁呢?要怪,只能怪她自己,和奇多这样的混蛋混在一起。

当上班长后,我的自信仿佛又慢慢地恢复了,好几次处理班里的事情我做得无懈可击。同学们开始对我信服,慢慢地我也有了一些威信。

而米妮却迅速地消沉下去了,听说连电视台的业余节目主持人都辞掉不做了。

也许是怕家长和老师,她和奇多也很少在公开场合待在一起了。恋情也许是转入地下了吧,再说时间长了,大家也就不再感到新鲜并津津乐道了。

我觉得米妮挺亏的。我刚刚走过那段最灰暗的日子,知道会有着怎样的心情，实在不忍心看着米妮陷入这样的情绪中。

　　我一直很想找机会跟她谈谈，希望她可以重新振作起来。

008

没想到，米妮竟然先来找我了。

她开门见山地说："杜菲飞，我现在和你一样恨祁志伟。"

"啊？"我说，"为什么？"

"他不过当我是一个玩笑。"米妮伏在我胸口哭泣，"我付出了那么多，可是他根本就没有爱过我。"

"他那种人，"我说，"哪里懂得什么叫真情！"

"其实他懂的。"米妮说，"他心里装着别的女生。"

"他花心的，别信他。"我说，"谁信他谁倒霉，可是你也不必为了他变成这样啊，你应该快快乐乐的，才能气到他！"

"可是我还是不相信他会那么坏，因为我总是忘不了他说起那个女生的样子。"米妮说，"他还把他和她的合影放在抽屉里，宝贝得什么似的。不过我偷了出来，好让他难过难过！"说完，米妮从包里取出那张照片递给我:"你看,你认得她不?"

我接过来,手一抖。

我当然认得。

那是三岁时我和他的合影。他穿着一件花衬衫,我扎着两个羊角辫,我们俩紧紧抱在一起,笑得甜甜蜜蜜。

我曾经也有一张一模一样的照片,可是我早不知道把它扔到了哪个角落。

我陷在回忆里,米妮还在追问:"她是谁,她是谁?"

"不知道。"我恍恍惚惚地说。

"祁志伟说,她是这个世界上最善良最可爱的女生,他愿意为她做一切呢,真是让人嫉妒。真想见见她啊。"

"听他胡扯!"我说。

"是真的。他说到那个女生抢下他爸爸打他的皮带的时候,眼睛都红了哦。他还说,从那一刻起,他就当她是妹妹了,发誓要保护她,不让她受到一点点伤害!"

我惊得一句话也说不出来。

009

放学的时候,我坐在干妈家里等奇多,他很快也回家了。见了我,他闷声闷气地说:"你到这里来干什么?"

我没声没响地掏出那张照片放在桌上。他飞快地拿起来说:"我说怎么不见了呢!见鬼!"

"奇多,"我说,"是真的吗?"

"什么真的假的?"他拿着照片急急往屋里走。

"你和米妮接触是不是也是因为……"我没忍住,向他问道。

"老实说,"奇多说,"我那天以为你一定会赢,所以我投的是弃权票。我后悔得要命,要是我投了你,不早就没事了?"

我的眼泪一下子又出来了。

我不知道该说什么,原来奇多竟然为了我做了多么荒唐的事情啊。而我呢,却一直那么不喜欢他,憎恶他,甚至瞧不起他。

我想好了，我一定要说服他和我一起去和米妮说抱歉。米妮是个好女孩，但愿她会忘掉这些刻骨铭心的伤害。

不过，我想她一定会忘的，那么多不快乐的事情，我不也是在一刹那就全忘掉了吗？

我接过奇多递过来的纸巾，向他展示了这么多年来第一个真诚的笑容。

学坏来不及

GIRLS
HELP
GIRLS

07

Make a Wish

人生在世，
总要遇到些波折的，
还是要勇敢一点。

001

这真是有生以来最最糟糕的一个暑假。

中考的成绩下来了,我以三分之差的成绩被我市最好的重点中学"天门中学"拒之门外。

这是所有人都始料未及的一件事。

首先是妈妈被这个分数深度击垮,中暑发烧躺进了医院挂水。爸爸则整日在外奔波,希冀着还可以想办法让我挤进天中的大门,但得到的答案是冷冰冰的:差一分还有希望,差三分,就是交十万块,人家也不会开这个口子。

爸爸无可奈何地拍拍我的肩,鼓励我:"小米,咱就念二中,只要成绩好,以后照样上北大复旦。"

爸爸看上去疲惫极了,胡子拉碴的。我拼命忍住抱歉的眼泪低头说:"是,好的好的。"爸爸把饭盒递到我手里说:"给妈妈送饭去吧,好好说几句让她宽心的话。"

这时是盛夏，虽然已近黄昏，但空气依然那么的灼热。路两边的树蔫头耷脑的绿着，没有风，叶子一动也不动。

医院离我家只有一站路，我磨磨蹭蹭地走，还是很快就到了。

饭是外婆做的，妈妈最喜欢的红豆小米粥。可是妈妈一口也吃不下，她有气无力地说："小米，你好好想想到底是怎么一回事，就连害虫都考上天中了，妈妈真是想不通呢。"

害虫是我的同桌，他的妈妈和我妈妈是一个科室的。他个子不算高，长得圆头圆脑，真名叫孙江，可是我们都习惯叫他害虫。这人如其名，害群之虫！眼珠一转一个坏主意。哪天要是不干点坏事呀，他就坐立难安。

可能是八字不合的原因吧，我跟他水火难容。

初中三年，我们同桌三年，小吵天天有，大吵三六九，时不时还带上些暴力的拳打脚踢和暗地里的阴谋算计。

我从来没遇到过这么讨厌的男生，日日夜夜都盼着毕业，因为毕业了，我就可以再也不用天天看着他那张可恶的脸读书了。

不过连我自己都没想到，现在真不用再在一起读书了，却是以我落榜的方式。而那小子走了狗屎运，摇摇晃晃地上了天中的分数线。

　　要知道他平时的成绩比我差得远呢，命运真是不公平啊。

002

妈妈让我想我就想，可是我想来想去，日日想夜夜想，头都想痛了也弄不明白到底是哪个环节出了错。

爸爸出门时对我说："小米，还是要看看书啊，进校有摸底考，关系到分班，也不可以马虎的。"

可是我念不进去书，我看到书本就恶心。一个人在家的时候，我把空调开得老低，把电话线拔掉，四仰八叉地躺在地板上休息。

我就是要休息！

想当初，我念书的时候念得多苦啊，吃饭走路都在背书背书，连电视都不敢瞄一眼。同学们天天说大S、小S、F4什么的，我听着都像是听天书。

可是，我得到了什么回报呢？

我躺在那里想，有什么意思啊有什么意思啊，真不如死了算了。

正想得让自己都害怕的时候，蝴蝶噼里啪啦敲开我的门,一跳进来就问我为什么不接她的电话。

我不吱声。

她又跳过来摸我的额头:"脸色这么难看,病了?"

蝴蝶说得没错,我可能真是病了,反正全身软绵绵的,什么事也不想做,什么话也不想说,什么人也不想理。

蝴蝶拼命晃着我的肩膀:"小米,你给我笑笑!你再不笑我揍扁你!"

蝴蝶虽然算不上温温柔柔的女孩,但她很少这么凶巴巴地说话,这次她是真的发火了,她恶狠狠地看着我,一副要把我吃下去的样子。

我用双手把脸掩起来,不看她。

"小米,小米。"蝴蝶焦急地抱住我,安慰我,"一定还是中考的事吧。其实二中也不错的,真的不错的,只是比天中差那么一点点而已。而且我们俩没有分开,这是多么值得开心的一件事情呀,求求你不要耿耿于怀啦!"

"没有啦没有啦,中考成绩我早就想开啦,在哪里念书不都是得拼了命地念吗?我只是忽然觉得,活着很没劲,相当没劲!"

我有些结结巴巴地说出我心里的感受,蝴蝶像看怪物一样地看着我,看了很久很久后,她说:"小米,你吓死我了。"

然后她就呜呜地哭了。

003

我赶紧哄她，我知道蝴蝶是个很情绪化的女孩子，可是我无意惹她哭泣。她歪到我身上上气不接下气地说："死小米，臭小米，你是我最好最好的朋友，你怎么可以这样子来吓我！"

"我更年期。"我懒洋洋地说，"你别管我。"

她却哈哈大笑起来。"你还会开玩笑，说明你不是完全不可救药。不过，"她说，"要是害虫知道你这个样子，一定笑得下巴都要掉下来！"

"他的下巴早就该笑掉了。"我说，"他还能不得意吗？"

"我早说你对害虫有偏见。"蝴蝶说，"其实他人也不是你想象的那么坏的呀。他真的蛮关心你的，不过我说了你也不会信。"

我当然不会信，懒得和她再理论下去。

和我不一样，蝴蝶虽然是我的好友，但她和害虫挺要好，两人常常凑到一块嘀嘀咕咕。

我对友情看得很开，对蝴蝶仅有的要求是别和害虫说我的坏话就行。

蝴蝶拍胸脯保证说："当然不会说，你放一百二十个心。"

"那你们都说些什么？"我问她。

"你感兴趣啊？"蝴蝶坏坏地笑看着我说，"你不是对害虫的一切都不感兴趣吗？"

"谁再提他谁白痴！"我立马翻脸。

可是说曹操曹操到，蝴蝶挂在胸前的小手机嘀嘀地响起来，她看了一下说："害虫的短消息，约我游泳，你去不去？"

"游泳？"我瞪大了眼，"穿游泳衣那种？"

"废话！"蝴蝶把眼睛瞪得比我还大，"不穿怎么游？"

"你和害虫，到底什么关系？"我恶声恶气地审她。

她咯咯乱笑起来："同学啊，我跟他是哥们儿，不来电的。你放一百二十个心。"

口头禅又来了，我有什么不好放心的。我只是不会和男生一起游泳，我连进澡堂子都不习惯，冬天再冷也在家洗澡。

可是我妈妈最喜欢的就是我这点,她常常说:"女孩子封建一点好,这样才不会出啥事。"我一路按妈妈的要求长大,所过之处繁花似锦,也从未有过越轨的渴望。所有的一切都暗示着我会有最美好最美好的将来,可是怎么也想不到,命运的拐弯处竟会是一片荒芜。

这叫我怎么能够接受?

004

蝴蝶问我："你没事吧，要我陪吗？"

"不要。"我干脆地说。此时我更需要独处。

她也无心逗留，飞快地和我说再见，没良心地抛下我去见害虫了。临走时她对我："再过一星期是我十六岁生日，小姨替我开 Party（派对），你一定要来哦。"

"好。"我说，"提前祝你生日快乐。"

"准备一份好礼物。"蝴蝶说，"好好动动脑子哦。"

"真不要脸。"我说，"你别指望，我什么也不会送。这话你对害虫说去！"

"呀呀呀。"她人已经拉开门出去了，听我这么说，头又从门口伸进来扔下一句，"你吃醋的样子挺可爱。"

我一点也不觉得好笑，幽默已经彻底从我身上离开。

但是不管我心情如何，我肯定还是会去参加蝴蝶的生日会。

依然记得我十六岁生日快来的时候正要中考，我紧张得夜夜失眠,蝴蝶在电台《午间调频》为我点了一首歌,那是校广播台每天中午都转播的节目。那时我和她正坐在操场边的花台边端着饭盒吃饭,主持人的声音传进了耳朵:"蝴蝶为她的好朋友叶小米点播一首锦绣二重唱演唱的《明天也要作伴》,并想对她说,我们就要毕业了,也许我考不进天中,不过你永远也不可以忘了我哦,我是你一辈子的好朋友!"

我惊喜地看着蝴蝶,她又变戏法似的从口袋里掏出一个正在跳芭蕾的玻璃小人,那是我在一家精品店里看了很多次也舍不得买的东西。我知道它的价格,昂贵得不可思议,起码可以买一整套蝴蝶最想要的班得瑞乐团的正版CD。

"轻松点哦。"蝴蝶用饭勺点点我的头说,"祝你有个美好的十六岁。"

我感动得眼眶都红了。

都说女孩子间的友情最难得,我有个这样的好朋友,夫复何求?

所以很多时候,我愿意迁就蝴蝶,就算她和害虫这种人交往,我也就随她去了。只要她开心,不是吗?

005

蝴蝶生日那天我起得很早,到银行里取了压岁钱,去音像店买了一套班得瑞的 CD。店主好像很开心,我没要求就给我打了九折。我一高兴,又用打折的钱买了个漂亮的小包把 CD 装在里面,想象着蝴蝶收到这份礼物的尖叫声,多日阴暗的心总算透进来一点点阳光。

蝴蝶的小姨经营着一间小小的西餐厅,不算大,但很精致,那天中午只为我们开放。

蝴蝶请了好多同学,连小学时的同学都来了好几个。

她小姨穿着中式的小花衣服接待我们,看上去年轻漂亮,就像蝴蝶的姐姐。蝴蝶也穿得很漂亮,像个公主。

我突然非常非常羡慕蝴蝶。她的成绩一直平平,连这次上二中也交了不少的钱,但是她活得比我简单快乐,一点压力也没有。我真宁肯像她这样。

见我进门,她夸张地上前拥抱我。我把礼物递给她。

她笑得合不拢嘴,凑到我耳边说:"你猜害虫送我什么来着?"

"钻戒?"我故意拿她开心。

她哈哈大笑,领我走进餐厅里面的一个小房间,桌子上堆满了礼物,她宝贝一样地抽出一幅画递到我面前:"是他自己画的哦,漂亮不漂亮?"

很漂亮。

是一幅油画,淡蓝色的背景,两个女生背对背坐着,一颗流星正划过天际。画的名字叫"Make a Wish"。

早就知道害虫会画画,可是真没想到他可以画得这么好。

"你再仔细看看,"蝴蝶说,"像不像我?像不像你?"

真像,真是很像。

可是我不点头。

"你呀。"蝴蝶说,"为什么就不肯承认他的一点点好呢?"

"你呀。"我说,"你今天过生日,我让着你,不和你吵。"

"那我们出去吧,"她嘿嘿一笑说,"小米,要是真让你许一个愿,你会许什么呢?"

我的脑子里飞快地转过一个念头："再来一次中考，我一定可以考好。"

可是我嘴里却说："想许的愿实在是太多了，一个哪里够啊！"

"如果真让我实现一个心愿，"蝴蝶忽然很正经地说，"我希望可以把我的中考成绩分给你三分。真的，小米，虽然那样我们就不能再在一起读书了，可是我更愿意看到你快乐，你知道你不快乐的日子我有多么不快乐吗？"

我差点流泪，好不容易才忍住，向她承诺道："我会尽量让自己想开些。"

她拍拍我的脸："笑一个，别让别人看笑话。"

我点点头。

可是，我到底还是让蝴蝶失望了。

这一切当然还是因为害虫。

006

那天我们吃的是自助餐,我正在弄水果沙拉的时候,害虫来到我身边。一个月不见,他个头好像长了好多,居高临下地看着我:"叶小米你瘦得像根杆,要多吃点肉类!"说完,一块牛排"咚"一声掉进了我的盘子里。

这样的人怎么会安好心呢?我毫不客气地把牛排扔回他盘子。他坏笑着说:"不过今天的沙拉味道一定非常不错,因为我刚往里面吐了几口唾沫又搅拌了一下!嘿嘿。"

那时,我刚把一口沙拉送进嘴里,一听这话,差点全吐出来!

我冷冷地说:"今天蝴蝶过生日,我放你一马。"

"毫不感激,"他油腔滑调地说,"其实你张牙舞爪的样子更可爱。"

要是以前,我一定会跟他好好地吵一架,但是今天我没心情,我真的没心情。

餐厅里开始放一首听上去蛮不错的歌,蝴蝶凑到我身边来告诉我那是周渝民的《Make a Wish》。

到了高潮部分,很多人都在跟着唱。害虫也在跟着唱,他唱歌一般,但是他胆子很大,走了调也敢越唱越大声。

我倒是喜欢这首歌的歌词,听上去很不错。

当泪似流星

滑过手心

握不紧

别伤心,不要紧

我们的梦还年轻

……

Will you make a wish, make a wish?

闭上眼睛,愿望是口井

Make a wish, make a wish

你会听见真诚的回音

让我们 Make a wish, make a wish

一起约定看最美风景

这一切都不会是梦境

只要你全心全意相信

……

蝴蝶说:"我真喜欢这首歌,你喜欢吗?"

就在这个时候,害虫又凑了过来,咋咋呼呼地说:"叶小米,我发现你今天从一进来就没有笑呢,好酷哦。"

"害虫!"蝴蝶示意他噤声。

"我又没考上天中,哪有脸笑。"我索性把他想说的话都说了出来。

"小米,"蝴蝶都快哭了,"你们非要在我生日这天也吵架不可吗?"

"不吵不吵!"害虫装出一副大度的死样说,"蛋糕来了,我们要唱生日歌了。"害虫话音刚落蝴蝶就惊叫一声跑开了。

果然是蛋糕来了,三层的,插了十六根精美的蜡烛。

害虫在我边上笑着说:"女生就是喜欢这些花样。"

我没理他。

他又说:"我觉得怪怪的。"

我看着他,他补充道:"你不跟我吵来吵去,我觉得怪怪的。"

"贱!"我恶狠狠地从牙缝里挤出一个字。

"这就对了嘛,这才像叶小米嘛。"他自以为是地说,

"你也真是的,别那么想不开啊,一场考试算什么?比这更坏的事情多着呢,只不过你没有遇到罢了。人生在世嘛,总要遇到些波折的,还是要勇敢一点!"

我惊异地看着他,他的话没说完,我已经一耳光朝他甩了过去!

007

他算什么？他凭什么这样教训我？别以为我没考好，就可以任人来践踏我的自尊！害虫他要真这么想，那他就是大错特错了！

这是我生平第一次打人，打得又稳又准，清脆极了。

生日会的现场因这个巴掌变得异常安静，继而是无比的喧哗。

我看到正在吹蜡烛的蝴蝶惊吓地抬起头来，她的眼角很迅速地滴下一滴泪水。

我飞速地逃离，一直飞奔到家里，猛地关上门，这才纵情地放声大哭起来。

我也不知道自己为什么会这样，为什么会控制不住自己。今天是蝴蝶的生日啊，她那么开心，可是我都做了些什么。

我不知道自己到底哭了多久。电话突然尖锐地响起来，我下意识地接起来，竟是害虫慌里慌张的声音："叶小米，叶小米，不得了啦，不得了啦，蝴蝶跑出去追你，被车子撞啦！！"

我的大脑瞬间空白，尖声大叫："在哪里？现在怎么样？！"

"我们在人民医院大门口等你！"他说完，电话啪地就挂了。

我刚哭得蓬头垢面，可是我脸也没洗头也没梳拿了钥匙钱包就往外冲。

老天，我亲爱的蝴蝶，那个刚刚还在我面前活蹦乱跳的正过十六岁生日的蝴蝶，但愿她不要出什么事情才好。

我坐在出租车上做了无数最好和最坏的设想，无论哪一种，都足以让我心跳一百八。

都怪我的愚蠢！要是她真有什么事，我想我一辈子也不会原谅我自己。

我的脸色一定坏极了，司机关心地问我："没什么事吧？"

"没什么事我会去医院？"我眼泪汪汪地朝他喊道，"你开快点，给我开快点！"

他不再说话，将车开得飞快。

医院终于到了。我捏着一张百元大钞六神无主，司机无奈地朝我挥挥手说："算啦，算啦，去办你的事吧。"

我谢谢都没来得及说就跳下了车,左顾右盼,没看到害虫。我奔到公共电话亭,这才想起我根本就不记得他的手机号码。蝴蝶的手机也是才从她小姨手里抢来用的,号码我也不知道。

我只好跑到医院里去问,还没进门诊室的大门,我就听到身后传来害虫那极具特色的爆笑声。我回头,一眼便看到了他的身影,而他身后站着的,是一脸无辜却完好无损的蝴蝶!

我在一秒钟内明白了,这竟是场恶作剧!

008

可恶的蝴蝶，她居然会同意这样的恶作剧！要知道我已吓得全身发软连站的力气都没有。

蝴蝶朝我奔过来说："小米小米对不起，我只是扭了一下脚，没事的，是害虫他一定要吓吓你。他说，一来惩罚你从我生日会上跑掉；二来是想向你证明，真的有很多比中考考不好更坏的事情随时都会发生，幸运的是你并没有遇到。"

害虫站在那边朝我耸耸肩，然后高声喊过来："还有右边的脸，你要是愿意，可以过来打。"

我没有过去，而是上上下下地打量蝴蝶，她好像真的没事，完好无损地站在我面前。

蝴蝶推我一把说："怎么了呀，真的没事。不过好险，那辆大卡车就和我擦肩而过呢，我多幸运啊。可能是我许的愿灵了呢。"

是啊，蝴蝶说得对，灾难没发生，我多幸运，我们多幸运!

我哑着嗓子问她:"你今天许什么愿了?"蝴蝶趴到我耳边说:"同窗情谊多难得啊,相亲相爱也好,吵吵闹闹也好,也要做一辈子的好朋友哦。"

哦,感谢上帝,感谢那个一直都那么讨人厌的害虫,感谢所有的所有。

让我们,Make a wish。

学坏来不及

GIRLS HELP GIRLS

08

卷町操
呵
卷町操

不必介意
别人说什么，
做自己最重要。

001

门框上有个小黑点，从小黑点到地面的垂直距离，就是我的身高。

一个暑假都过去了，小黑点也没能往上移动一丁点儿。我坐在我的小房间里，把陪了我一个假期的游泳圈用小剪刀剪得粉碎，眼泪噼里啪啦地掉下来，打在那些细碎的塑料片上，发出低闷的回声。

妈妈推门进来，她显然有些吃惊："点点，你怎么了？"

我怎么了？

明知故问！

妈妈笑笑，坐到我身边来，拿走我手中的剪刀："明天就要成为高中生了，你可不能这样没出息哦。"

对啊，我就要念高中了，但我的身高只有一米四九，连一米五都不到！这样的身高就罢了，偏偏又长了一张圆圆的娃娃脸，弄得好多人都以为我现在还在念小学！小区门口那个看门的整天笑嘻嘻的老头老是冲我喊："考完试了吧，小朋友！暑假要到哪里玩啊？"

这么大了还小朋友，真是丢死人！

我理也不理他，背转过去，头抬得高高的，如风般经过。他也不生气，下次见了面还是笑嘻嘻，还是叫我小朋友，看着他满口的黑牙，我真有些绝望的感伤。

我把泪抹干，有气无力地对妈妈说："都怪你给我起的烂名字，点点，所以我才这么一点儿高！"

"你才十六岁，还要长的嘛。"妈妈安慰我，"再说了，女孩子嘛，娇小一点才可爱。妈妈看你就挺可爱，没有哪里不好。"

也许妈妈说得对，除了个子矮小，我没有哪里不好。

我是一个要强的女孩，做什么事都想做到最好。

初中时，我在一所很普通的学校念书，学校旁边就是水泥厂，早说要搬可是老也搬不走。我每天干干净净地上学，灰头土脸地回家。日日夜夜都盼着毕业，终于，我以全市第三名的好成绩考进了最有名的重点中学。

听说重点中学的学生都挺傲气，不过我不怕他们，因为我拥有很多足以让我骄傲的资本。我常常想，要是我个子能够再高一些，几乎就是完美的了。

可惜上天不够仁慈，没有给我足够的身高。

002

小美在电话里叹气,说我太贪心了。

小美是我初中时的好朋友,她成绩一般,没能和我一起考上重点高中,只能留在原来的学校接着念高中。

我很难想象,到了高中后,我都会遇到些什么样的同学,会不会还有一个说话做事都慢吞吞的、脾气好得要死的小美一样的好女生陪在我的身旁?

不过小美也有脾气不好的时候,那就是别人嘲笑我矮的时候,那时的她扬扬拳头瞪瞪眼睛,好像随时都会冲上去和别人拼命。

现在,没有了小美,我要独自去迎接新环境里那些讥笑的眼光。

九月的天空是我最喜欢的那种蓝,淡淡的浅浅的,让人感觉软软的。我背着大书包怀着豁出去了的心情到新学校报到。可惜真是哪壶不开提哪壶,我还没进教室门呢,就迎面和一个巨大的身影撞了个满怀。

我的妈呀，是个男生，他差不多有一米八，像个铁塔一样弯下腰来看我，目光里充满了不屑和轻视。

输什么都不能输气势，这是我一贯的原则。我很凶地朝他喊过去："没长眼睛啊，会不会走路啊？"

他忽然咧开嘴笑了。他穿着绿色的运动服，笑起来的样子像只青蛙，很讨厌！

我刚迈进教室就听见他在身后喊道："喂！这里是高中部，你走错地方了吧？"

我回过头白他一眼说："这里也不是关长颈鹿的地方，你来干什么？"

他把嘴张得老大，可能是没见过像我这么伶牙俐齿的女生吧。我可不怕得罪谁，人不犯我我不犯人，人若犯我，我必还手。

点名的时候，才知道他竟然是我的同班同学，他叫林森。

因为个子高，他顺理成章地成了体育委员。上体育课的时候，老师偷懒会把哨子给他，让他带着我们跑步，而老师自个儿则跑到一旁休息。

他得意得要死，把哨子吹得倍儿响。在那样的哨声里，我心烦意乱脚步沉重，老师规定的三圈望也望不到边，于是干脆从队列里走出来，弯着腰喘气。

"纪点点,你怎么不跑了?"再跑过我身边的时候,林森停下来问我。

没有谁真正想跑步,大家都趁机歇下来看热闹。

"我跑不动了。"我老老实实地说。

所有的人都东倒西歪地笑起来。体育老师从场边跑过来,看着乱哄哄的队伍大喊道:"干什么,干什么!怎么都不跑了?"

大家都看着我。

003

林森指着我说:"纪点点她……她跑不动了。"

"跑不动了?"体育老师肯定觉得这个理由很滑稽,于是就带着那种滑稽的表情很滑稽地盯着我。

我还没来得及想好措辞呢,林森忽然又开口了,他很大声地说:"老师,纪点点她肚子疼!"

大家先是一阵沉默,接下来就是一阵不怀好意的爆笑。在那样的笑声里,我的脸火辣辣地红起来,也不知道是伤心羞辱还是愤怒,眼泪在不知不觉间就飞迸而出。

我转头飞奔进教室,教室里空荡荡的,然后我听到自己不可遏制的痛哭声!

真是丢脸丢到了太平洋!

都怪那个自以为是的巨大的笨猪头!

我肚子痛关他什么事?再说了,我根本就不是肚子痛,他凭什么要说我肚子痛!

色狼!流氓!

流氓！色狼！

放学的时候，我一个人晃悠悠地走在回家的路上。家离学校不远，我走得很慢，因为我不想让妈妈看到我哭过后还有些红肿的眼睛。

就在这时，一道绿光从我面前掠过去，但很快又折了回来，我定睛一看，竟是那冤家路窄的林森！

他骑在山地车上，双腿往地面一撑，在他身下的跑车跟童车差不多。

"纪点点，"他说，"你今天哭够了吗？"

"别叫我纪点点！"我恶狠狠地说，"纪点点不是你叫的！"

"那我该叫你什么？"他奇怪地问。

"叫我阿姨你肯叫吗？"我想捉弄他。

谁知道他竟大笑起来，笑完后说："点点阿姨，你脾气有点坏哦。"

我用尽全身的力气喊出一声："滚！"

路过的人都侧过头看看我，眼神里充满了好奇和探询。看来这个叫林森的真是我的克星，我一遇到他就注定要丢脸！好在他很听话，骑上自行车，一眨眼的工夫就"滚"得老远了。

一个晚上我都在想报复的手段。他那么高那么壮那么不要脸，我这么矮这么小这么要面子，战斗力悬殊，跟他明刀明枪地干我肯定会输。不过浓缩的就是精华，我妈妈给了我一个聪明无比的脑子，我相信我自然有办法让他在我面前心服口服。

哼哼，林森，咱们走着瞧。

004

最想和我结成同盟的,是一个叫阿朱的女生。

阿朱和林森在初中时就是同班同学,据有关人士透露,阿朱曾经"喜欢"过林森,可是在我面前,阿朱并不承认此事,恰恰相反,说起林森的时候,她说:"这是世界上最恶心的一个人!"

"哪里恶心?"我问她。

阿朱却不说了,而是把我的手一挽,说:"我们一起治他,让他以后见了我们连气都不敢吭,如何?"

阿朱是那种看上去有些娇气的女孩子,说起话来也嗲嗲的。开学的第一天,看到她用两根手指捏着抹布擦桌子的时候,我对她就没有好印象。她不是我喜欢的那种女生。

听到她的提议时,我有些懒懒地说:"我干吗要治他?我对治他不感兴趣!"

阿朱讨了个没趣,不过她并不罢休,而是趴到我耳边说:"你知道吗?林森在背地里叫你矮冬瓜!"

"反正我听不见。"我说,"你让他当面叫叫试试?"

阿朱不再说话,一摇一晃地走开了。

她穿着佐丹奴的牛仔裤,有很修长的腿。听说她擅长舞蹈,在国际上都获过什么大奖,是作为特长生招进来的。但我就是不喜欢她。

当然,她也不喜欢我。

这样一来,才进校不过短短的一个月,我在班级里就已经树敌两个。

我在自习课的时候给小美写信,告诉她可恶的林森和讨厌的阿朱,告诉她我一点也不喜欢现在的学校和现在的班级。

小美很快就给我回信了,她告诉我水泥厂终于搬走了,再也不用捂着鼻子上学和放学了,可是在这样的学校里念到最后又有什么用呢,小美的信也多多少少有些伤感。

小美在信的最后说道:"点点,你在我心中是最坚强和勇敢的女孩子。我相信,什么都阻拦不了你成功的脚步,做你的朋友是我永远的骄傲!"

我趴在桌上把这封信来来回回地看了好多遍。

那时是中午,初秋的阳光温柔而热情地从窗外照进来。有女生趴到窗口唤我:"纪点点,快来凑个数!"

"做什么?"我问。

"我们班在举行乒乓球比赛,林森一人和我们女生打,他说他可以以一挡八,我们每人和他打10个球,加起来赢他10球就算我们赢!"

这么狂?

005

等我到了操场上,才发现架势果然已经拉开了,操场边围满了看热闹的男生女生。

阿朱见我来了,有些冷冷地说:"你排最后一个好了。要是赢够了球,就轮不到你了。"

"让纪点点第一吧。"林森说,"我让她三个球。"

"我最后。"我恨透他的自以为是,不露声色地说,"不过我想知道赌什么?"

阿朱说:"他要是赢了,这学期的值日和清洁我们替他做,他要是输了,我们八个人的事情就全交给他了。"

哦?看来这小子一定有两把刷子,不然不敢打这样的赌,做清洁倒是小事,丢脸可是大事。

我站到一旁,倒要看看林森这小子到底有多厉害。他们不知道的是,我爸爸是乒乓球队的职业教练。我从五岁起就开始打乒乓球了,球技虽谈不上很好,但我爸爸不止一次地对我说过:"你打球很会用脑子,是个不可多得的人才。"

只是他不肯让我做职业球员,他舍不得我那么苦。

林森的球果然打得不错。六个女生和他打下来,只赢得可怜的七球,第七个轮到阿朱,可她哪里会打球,不如说是尖叫表演,不到三分钟,十个球输得利利落落。

这下大家都可怜巴巴地看着我。其实也不指望我了,要我赢林森三个球,岂不是天方夜谭吗?

我握着球拍,笑嘻嘻地看着林森说:"你刚才说让我球,现在我们要是不打了,算谁赢?"话音未落,一个凌利而快速的球已经发了过去。

林森始料未及,丢掉一分。

四周掌声雷动。大家一看有戏,都开始拼命为我喝彩加油。林森个子太高,并不灵活,我跟他一来一去,很快就找到他的弱点,最终和他战了个5:5平!我们赢了!女生们兴奋地把我抬起来抛向空中,我在双脚终于落地的一瞬看到一脸都是汗的林森和有些呆呆的阿朱,感到一种莫名的快意。

那天刚好轮到我们组做清洁,林森留了下来,对我说:"你先回家吧,你的活我来干!"

"不用。"我说,"不给你替我干活的荣幸。"

"愿赌服输嘛。"他嬉皮笑脸,"说真的,我没想到你打球那么厉害！跟你的嘴皮子一样厉害。"

"哪里，不过使三成功力而已。"我故意奚落他。

"那我们下次再比？你别吹，也别手下留情。"他长手一伸，轻易就用抹布将窗户的最上方擦了个干净，回身时，他低头看我，脸上带着一抹笑意。也不知为何，见他笑笑的样子，突然让我的心里有些慌张。

我背上书包扬长而去。

006

那晚,我在纸上不停地画漫画,全是高高瘦瘦的女生,全都不是我。

我又给小美写信,我本想告诉她我今天的胜利,可是信写到一半,我就觉得索然无味了,因为我心里早就没有了胜利的感觉,取而代之的,是一种更奇特的让我不敢深究的滋味。

我脑子里浮现的是林森搬桌子板凳的样子,那些对我来说重得要死的东西,在他的手里就像是一只听话的小鸡,想让它到哪儿它就得到哪儿。

我不允许自己再想下去了,我觉得自己真是个大白痴,恨不得扇自己一耳光。

周末的时候,我躺在沙发上看电视,是我们地方台办的有些无聊的娱乐节目,不过收视率挺高。

我竟然在电视里看到了阿朱。她在舞蹈,她的舞跳得真是好,化了妆,漂亮得有些让人不敢正眼看她。

镜头扫到观众,我看到我们班上的好几个同学坐在下面,其中就有林森,他正在鼓掌,我"啪"一下把台换掉了。

后来在学校,我怎么也不肯打球了,他们怎么叫我我也不去。

林森也来叫,把脸贴在教室外面的玻璃上向我做鬼脸。他不甘心上次的失败,我却铁了心不再给他赢我的机会。

班级里挑人去演讲,没有挑到我。

要知道,我在初中的时候,可得过全市中学生演讲的一等奖呢。

可老师偏偏挑了阿朱和另一个漂亮的女生。最可恨的是,竟让我来替她们写稿子!

我低着头说:"不写。"

"为什么呢?"老师说,"这关系到班里的荣誉啊。"

我想问她为什么让我写却不让我去讲呢,难道是怕我讲不好吗?

可是我到底没有问,我只是坚持着说不写,不写就是不写。

老师很生气地走了。

随她吧,她生气,我还比她更生气呢。

大家都说我挺傲慢。

我没有好朋友,孤孤单单。

但我宁愿这样孤孤单单,反而让我心安理得。

只是内心的死结开始越缠越紧,让我不知该如何是好。

007

有天中午下了很大的雨,大家哪里也不能去,全都聚在教室里。

不知道什么原因,阿朱开始和几个女生一起说起邓亚萍,说她球确实好,但个子也确实太矮了。她们越说越起劲,丝毫没有停下来的意思,还有人时不时斜睨我一眼,脸上带着不怀好意的笑容。

终于,阿朱大声地说:"不说了,不说了,我们不说那个矮冬瓜了,换个开心点的话题吧!"

我忍了她很久,站起身来把桌子拍得震天响:"她矮怎么了?你们谁打球打得过她啊,比比去啊,没本事不要在这里做长舌妇!"

"咦!"阿朱尖声说,"我们说她矮,又没说你矮,你急什么急?"

"你敢再说一声矮?"我三两下跑到她面前去,凶巴巴地盯着她说,"你敢再说一声?"

她显然被我吓住了，不知道该说什么。过了好半天，嘴里才冒出三个字来："神经病！"

我也不知道是从哪里来的力气，一把推翻了她的桌子。在一片喧哗声和阿朱的尖叫声中，我扭头跑出了教室，跑进了铺天盖地的雨中。

我拼命地跑，不知道该到哪里去。直到被一个人一把拖住，一把伞挡在了我的头顶。

是林森。

我挣脱他，眼泪又不争气地下来了。

"纪点点！"他又拉住我说，"阿朱是过分些，可是你也别这样生气啊，淋坏了身体吃亏的是你自己呢。"

我想甩开他，可我还没来得及反抗，已经被他像老鹰捉小鸡一样地捉到了屋檐下。

"你得回家换衣服。"他说，"打的回去，再打的回来，应该不会误掉下午的课。"说完，他伸手替我招了一辆出租车，还把车费塞进了司机的手里。直到车子驶离的时候，我才发现，其实他也满身都是雨水，比我好不到哪里去。

那天下午我没有去上学，我忽然很不想上学了。妈妈回家的时候我躺在床上装病，其实我什么病也没有，我只是不想去上学而已。

我对学校的一切早就厌烦透了。

我讨厌趾高气扬的阿朱,讨厌高高在上的林森,讨厌重点中学里每一个戴着面具的毫无同情心和爱心的优等生。

008

上帝保佑,我竟然真的病了。

第二天早上,我全身发软,口干舌燥,怎么也爬不起来。妈妈拿来了温度计为我测体温,这一测才发现我的体温数竟然接近四十摄氏度。她吓了好大一跳,和爸爸一起心急火燎地把我送进了医院挂水。

水挂到一半的时候,雨停了,从医院的窗口看出去,阳光开始穿透云层直射下来。林森却在这时突然出现在病房里,他问我:"挂水着急吧?"

"挂一辈子也跟你无关。"我没好气地说。

他从书包里掏出几本漫画书说:"我最喜欢的漫画,建议你看一看。"

我接过来,漫画的名字叫《浪客剑心》。

林森说:"你知道我最喜欢的动漫人物是谁吗?就是里面的卷町操。从你进校第一天撞到我开始,我就发现你跟她很像,你真的很可爱。我想告诉你,其实除了你自己,没有谁会那么在意你的身高的。"

我注意到他说我"可爱"。我握着那些书,不敢抬头看他。

然后,我又听到他说:"真的不必介意别人说什么的。做自己才是最重要的事,你说呢?"

我还是不作声。

他又说:"我先走了,等你回学校,我们再打一次乒乓球,三局两胜的那种,像正规的比赛!"然后我听到他远去的脚步声。

他走后,我迅速地翻开手里的书,找到卷町操这个名字,旁边是她的资料,上面写着:

身高:一米四九　　　血型:B型

体重:三十七公斤　　武器:苦无……

一个很漂亮很可爱的大眼睛女孩。

她和我一样,只有一米四九。

我迅速地看完了那几本漫画,感到一阵从未有过的轻松。护士小姐从我身旁经过,头歪过来看我手中的书说:"挂水还看书,什么书这么好看啊?"

我用指尖划过书页,微笑着告诉她:"瞧,卷町操呵卷町操。"

学坏来不及

GIRLS HELP GIRLS

09

笨蛋小妞的魔力 ESP

不管是在什么样的环境里，
都要永不怕输，
永不言败。

001

我是个天生的小笨瓜。

最先下这个结论的，是我亲爱的老妈。

我想，老妈若不是被我的笨气得七窍生烟数百次，绝对舍不得这样说她自己的女儿。

我的确是笨，从幼儿园起，我就开始发现笨带给自己很多的烦恼。

比如老师说："小朋友们，不许动，坐在这里等老师回来。"老师要是没回来，任别的小朋友闹得天翻地覆，我反正是能坐到腰酸背痛脚趾头都万万不敢动一下的，生怕不听话，就会像奶奶说的，被老虎叼到荒郊野外去。

后来上了小学，别人读一遍就会背的课文，我起码要读上十遍，别人算一次就记得住的题目，我最少要温习十次。如果是玩智力抢答，最张口结舌的人，一定是我，等我想出答案，人家都笑眯眯地把奖品捧到手里了。

而且，我伤心地发现，自己越长大就越笨得离奇。

就说刚发生的一件事情吧。

那天,我上海的堂姐来我家,让我带她到商场去玩。商场很大,我在六楼书店看书,她到七楼玩电子游戏,吩咐我看完书后去找她。

看完书后,我去找了,七楼密密麻麻的都是人,耳边全是电子游戏机发出的各种各样的震耳欲聋的声音。我来来回回走了四五圈,也没见到表姐的人影,只好又回到六楼去等。

我在六楼等了两个多小时也没等到她。

就在我等得双腿发软,无比担心地回到家中的时候,才发现她早已经回家了,甚至还洗了个澡。我进门时,她正坐在沙发上一边吃冰激凌一边看电视。

我吃惊地问她:"你怎么一个人回来了?"

表姐若无其事地说:"那么多人,我没看到你,不高兴找就一个人回来了呀。"

"我等了你很久啊。"我委屈地说,"我都担心死了,生怕你会走丢。"

"你真笨得可以交税了。"堂姐看着我气呼呼地说,"在上海我都没丢过,何况你们这巴掌大的地方!再说了,你就不知道打个电话回家问问吗?我真没见过比你更笨的!"

我被她说得差点哭出来,想发火吧又不敢,只好跑到房间里跟自己生了半天的闷气。现在想起来,心里还堵得慌。

002

从小到大,只有爸爸曾经对我说过:"女孩子笨一点才可爱,笨人有笨福。"

如果真要说有"笨福",那就是,我居然考进了我们市最好的中学念高中。

可是,老天知道我为此付出了多少的代价。

初中三年,我一天都没有好好玩过,因为我知道,爸爸最大的心愿就是我能考进重点高中。

爸爸出身贫寒,他们家三代都没有出过一个大学生。爸爸当年考是考上了,可是没钱去读。后来,他只好到厂里学开车。爸爸不像我,他特别聪明,三天就把车开得倍儿好,一跃就成了厂里的骨干。

但有一次他出长途,车和人都再也没有回来。

那一年我十三岁,刚升初中,一夜间明白了生离死别的真正含义。

我妈说我要是考不上重点高中,爸爸在天上都会掉眼泪。

不知道是不是爸爸在保佑我，我真的考上了，而且录取线是多少我就考了多少，一分不多一分不少。我妈高兴坏了，一天不知道打了多少通报喜电话，甚至开始盘算我三年后念大学可以用哪一个皮箱。

可是我发现自己并不是十分开心，我在心里对爸爸说："我以后的日子只会更苦了，重点中学里全是尖子，我怕是永远也抬不起头来了。"

我就是怀着沮丧的心情埋着头走进我的新学校的。我没来由地感到怕，甚至连点名都怕，因为我总觉得天下不会有比我的名字更俗气的名字。

我爸爸姓朱，妈妈姓杜，于是我叫朱杜，听起来就像"猪肚"。大家都先笑起来，然后扭过头来看我，再笑起来。

和我一起被笑的，还有坐在第一排左边第一个座位上的一个矮个女生，她叫季月。她的个子好像比课桌高不了多少，人像小学五六年级还没有来得及发育的小女生。

不过她比我有风度多了，居然陪着大家一起笑，一点也不觉得不好意思。

开学第一天，就轮到季月值日，黑板对她来说实在是高了些。我刚好从她身边经过，不由得接过她手里的黑板擦说："我来吧。"

"谢啦。"她脆生生地说，给我一个飞吻的手势，然后一溜烟跑远了。

我觉得她挺可爱，心甘情愿地替她擦了一天的黑板。

放学的时候，她跑到我面前对我说："今天谢谢你哦。"

"没什么。"我可不习惯谁对我这么客气。

"你叫朱杜吧？"她说，"你真好。你要是愿意，替我把今天的清洁也一起做了吧，我家里有点急事我要回去。"

我这只呆头鹅想也没想就答应了下来。

她又给我一个飞吻，然后背着书包飞快地走掉了。

003

我的同桌叫潘其。

他是个特殊人物,听说他家里有亿万资产。他爸为了把他送到我们学校来读书,在校长面前抬手一签就是一张一百万元的支票。我妈听了瞪大眼睛说:"啊呀,朱杜你一不留神就替我省了一百万元啊。"

我妈也挺笨,有这样算账的吗?

开学后的摸底考试,我倒数第二,潘其倒数第一。

潘其天天找我说话,还戏说我们这桌是"难民营"。

我可不像他脸皮那么厚,跟他也没什么好说的,一向嗯嗯啊啊对付了事,他一定觉得我挺没劲的。

那天刚下课,潘其在众目睽睽之下歪过头来看看我肚子说:"还好还好啦,不是那么圆滚滚的啦。"见我不应声后,他又大声说:"朱杜,朱杜!你妈你爸可真逗,怎么给你取这样的名字!"

我天性害羞,脸红到脖子根,头恨不得埋到书桌里。

这时,季月从前排的座位上跳起来,一直跳到潘其的课桌上,扭住他的耳朵说:"你今天上早自习的时候吃葱油饼,英语课的时候听MP3,数学课上放了一个屁,要不要我都告诉老师啊?"

"你……你瞎说……你怎么知道?"怪了,潘其比她高出一个头,可就是挣不脱她,只好犟着脖子问。

"我还知道你昨晚吃鱼了,洗澡的时候用潘婷洗发水,你房间里有个书桌,书桌有个抽屉,抽屉里放着……"

"停停停!Stop(停止)!!"潘其举起双手,满脸惊骇。

无数的眼睛好奇地盯向季月,齐声问道:"有什么,抽屉里到底有什么?"

季月放开潘其,从桌上跳下来,拍拍双手耸耸肩说:"有老鼠啊!"

众人大笑,猫捉老鼠,季月"猫猫"的外号就此而来。后来我才听说:"猫猫是魔女,天底下没有她不知道的事,老师前一分钟出好试卷,她下一分钟就会猜到,所以成绩才可以那么好。"

猫猫的成绩真不是一般的好,中考的时候,总分三百五十分,她只扣掉五分,以火箭头的气势冲进我们学校。平日里自以为是的男生们纷纷让路,见了猫猫均点头哈腰地说:"老大,透露点学习秘诀,书包我替你背。"

"家传秘技,传内不传外。"猫猫以不变应万变,总是用这几个字抵挡前来求经的各路人马,然后吊着我的脖子嘻嘻哈哈而去。

004

说是"吊"一点也不过分。

我比猫猫整整高出十八厘米,我要是揽着她的肩,她正好能当我的拐杖。

其实我并不喜欢和一个女生做朋友,特别是一个矮个的聪明绝顶的女生,她就像是一面明晃晃的镜子,将我的笨拙和无知照得一览无余。

但我刚才说过了,猫猫是个魔女。

试问,在这个世上,还有什么事,是一个魔女都无法办到的呢?

当她说"笨蛋小姐你真可爱,我要和你做好朋友"的时候,我就注定要被她缠住不放了。

笨蛋小姐,也是猫猫第一个叫的。她和我只待了三分钟,便飞速发现我的笨。

那天不知道怎么搞的,书包带子缠在身上,我怎么也弄不下来,猫猫只用手轻轻一弹,它就应声落地。

怪了。

我问猫猫是不是真的有魔力,猫猫看了我半天后笑眯眯地说:"我问你一个问题,你觉得人可以飞吗?"

"不可以。"我老实巴交地说。

"No,no,no(不)!"猫猫摇着一根手指说,"说不定今晚我就可以飞到你窗前呢,偷偷看你脱衣服也不一定啊!"

"哎呀呀!"我急得拿起英语书就要砸她的头,"哎呀呀,你胡说八道些什么呀,快快闭嘴!"

"你不可以打我。"猫猫说,"你快看看你的左手。"

我赶紧看,猫猫说:"是不是一跳一跳的有些发胀?"

好像是真的哩,我紧张地看着猫猫。

"没事了,没事了。"猫猫朝着我的手臂吹口气说,"不过下次可不要轻易打我,不然你会有麻烦的。"

晚上,我心神不宁,看一会儿书就瞄一眼窗户。

天空是深蓝色的,星星是好看的宝石,我期待看到长了翅膀的猫猫,游到窗口来对我微笑。

但是她没来,我忍不住拨电话给她,那边是一个好听的女声:"季月她睡啦,明天再打来吧!"

她次次考第一,可是不到九点就美美地睡着了,我却还要苦干两小时,才可以保证不被大家甩得太远。

这个世界是不是真的有些不公平？

我看着床头放着的相框，相框里是爸爸的照片，看着照片上爸爸亲切的笑容，就总会想起，他曾经把我抱在怀里亲切地说："丫头，我们笨一点没有关系，只要我们早一点飞，也一样可以领先！"

我真想哭。

005

第二天，我快快地去上学。

猫猫在离学校不远处等我："嗨，昨晚找我什么事情啊？"

"你怎么知道是我找你？"

"除了你不会有第二个人。"猫猫说。

"我等你飞到我窗口来呢，"我说，"谁知道你不守信用，那么早就睡觉了。"

"我去过了啊。"猫猫压低声音神秘地说，"你穿蓝色睡裙对不？"

我惊讶地尖叫起来，猫猫却放声大笑："快走吧，不然要迟到了。"

上课的时候，我一直看着猫猫的后脑勺，那是一个安安静静的后脑勺，可是它让我想入非非。

我曾经看过一本很好玩的书，书里说有一些精灵会飞到人间，变成人类和大家生活在一起。我不知道猫猫是不是就是其中的一个，如果真是，如果她真有魔力，可不可以把我变得稍微聪明一些呢？

如果这个比较难，那就让我再看我爸爸一眼也可以。我想告诉爸爸我考上重点高中了，他知不知道？还有，他种下的那盆茉莉花我一直都细心地养着，每次花开的时候，家里都是香味。

当时是英语课，就在我神游的时候，英语老师抽我回答问题了。我只听到她说："后排那个短头发的高个女生你来回答一下！"可是我不知道她问的题目是什么。

我愣了好几秒，期望她的教鞭忽然拐个弯不要指到我面前才好。可是她还是那样定定地指着我说："就是你，你起来回答一下！"

"老师，她叫猪肚！"潘其突然说。

稀里哗啦的笑声里我昏头昏脑地站起来。

"Yes（是）。"老师说："Please answer me（请回答我）。"

"Sorry（对不起）。"我的头埋了半天，终于在牙缝里挤出一个单词来。

老师无可奈何地让我坐下。潘其在我身边小声地说："还好你叫猪肚，没有叫猪脑哦。"

潘其的话让我伤心透了，我趴在桌上开始抽泣。我从昨晚就开始想哭了,越哭越管不住自己,越哭越大声,哭到课都没有办法上下去。

英语老师走过来,问我是不是不舒服。

我摇摇头。

她开始不耐烦了:"如果一定要哭,请到教室外面哭够了再进来,不要影响上课,你看呢?"

正合我意,我埋着头冲出了教室。

006

操场上是上体育课的学生,他们正在跳鞍马,一群女生正在拼命而快乐地尖叫。

我站在高高的台阶上想象坠落的感觉,这种想象我从十三岁起就开始了,因为爸爸的车就是从很高的悬崖上坠落的,应该是一种带有疼痛的飞翔吧,我真想试一试。

"你别告诉我你想从这里跳下去!"一个声音在我耳边响起,回头一看,是猫猫。

她竟猜中我在想什么,我有些怯怯地说:"你怎么也不上课了?"

"上课哭鼻子,羞羞羞。"她刮刮我的鼻子说,"你是遇到什么伤心事了吧?"

"没有。"我嘴硬地说。

"你在为你的成绩犯愁。"她一针见血地说。

真是个小巫女。

猫猫拉我在台阶上坐下来,和声细语地说:"学习其实很简单,压力都是自己给的。"

"我们不一样。"我说,"你要是明白笨的感觉就会明白我了。"

"那我试一试?"猫猫说,"这里应该有两米多高,不知道跳下去会不会摔断腿?"说完,她作势就要往下跳。

"不要!"我赶紧拉着她走到安全的地方,"猫猫,你不要吓我!"

"笨蛋小妞,你真笨!我当然是吓你的了,你以为我那么傻!"猫猫哈哈大笑,"谁让你刚才吓我来着。我只不过是以其人之道还治其人之身。"

"对了。"我好奇地问,"你怎么会知道我心里在想什么?"

"ESP。"猫猫说,"听说过吗?"

我一脸茫然。

"回家查字典吧。"她说,"不过,现在我们要回教室去上课,要平平静静开开心心的。"她在我面前摊开掌心说:"把你的手放到我掌心里,然后闭上眼睛。"

我依言做了。

"感觉自己的心跳,让它恢复正常。"猫猫说完,将手心猛地往上一翻,拍拍我的手背说,"OK!没事了。"

好像真的好多了。

猫猫领着我往教室走,一边走一边说:"要是潘其问你你的眼泪有没有把操场淹了呀,你就回答他我只恨没把你淹死,他保证闭嘴。"

回到座位,潘其果然小声问我:"你的眼泪有没有把操场淹了呀?"

"我只恨没把你淹死。"我脱口而出。

潘其真的闭了嘴。猫猫的后脑勺很奇怪地动了一下。

007

回到家的第一件事，就是捧出我那本厚厚的英文词典，我很快就查到"ESP"，是缩写，意思是：超直觉能力。

我打猫猫的电话，她一秒钟之内就接了："是问我什么叫超直觉能力吧？"

我惊愕地说："你真的有吗？"

"也许吧。"猫猫笑着说，"不过人人都可以有，你也可以有。"

"我不信。"我说。

"明晚我去你家。"猫猫说，"我教你。"

那晚她首先教我穿针，她说："一秒钟之内一定要穿进去！"可是我的手抖啊抖的就是不听话，猫猫将掌心放到我头顶上说："好了，现在什么也别想试试看。"

真神，一穿就过去了。

"再来。"猫猫说，"就像刚才那样。"

我又穿过去了，可是我惊奇地发现这次猫猫的手放在她自己的膝盖上，压根就没有碰我。

然后我们开始玩扑克牌。她给我任意七张牌，让我用意念选其中的一张，然后她把扑克牌拿到手里洗了洗，再出来的时候变成了六张。

我选的那张不见了。

玩了六次，屡试不爽。

我惊讶地看着猫猫，她突然咧开嘴大笑起来，腿一张开，那七张牌全压在她的腿下，手里还拿着六张。

"魔术，魔术。"猫猫说，"我爸爸是魔术师，我跟他学点小招数而已。其实你看到的七张牌和这六张是完全不同的，所以无论你选中哪一张，我只要趁你不注意的时候把这两副牌一换，你那张都不会在里面。你也可以试一试！"

我恍然大悟。

"可是，你怎么会对潘其那么了解呢？"

"我和他小学的时候就是同学呀。我还知道他家的佣人最懒，连球鞋都扔进洗衣机里洗呢。"猫猫笑笑说，"我只是比别人多注意观察和多思考一点而已。"

"这就是 ESP 吗？"我问。

"也许是吧，我爸爸说任何人都可以拥有，只是程度不同而已。"猫猫看着我桌上的照片，问我，"这是你爸爸吧？"

"嗯。"我回答道。

"他离开你了吧。"猫猫说，"其实我桌上也有一张照片，那是我爸爸。他是一个优秀的魔术师，可惜天妒英才，我小学五年级的时候，他死于肝癌。"

猫猫的声音低下去。

"爸爸就要走的那段时间，一直在教我 ESP。他说，这会是我一生最受用的东西，告诉自己没有什么是自己做不到的，不管是在什么样的环境里，都要永不怕输，永不言败。"

"我爸爸真睿智是不是？"猫猫抬起头来，我看到她一脸的泪水，但是她依然在笑，那笑是如此的迷人，如此的惊心动魄。

"可是，你怎么知道我爸爸也……"

"笨蛋小妞，"猫猫擦干泪说，"我替班主任整理过全班同学的档案啊。我从开学的第一天就注意到你了，全班五十二个人，只有你伸出手替我擦黑板。"

说完，她紧紧地拥抱我："我们要快乐啊，不要让爸爸们失望啊。"

我拼了命地点头。

第二天早读课的时候，潘其看着我说："你今天好像打扮得贼漂亮。"

我看着他的鞋说:"Adidas的球鞋不能扔到洗衣机里洗,今天穿着不顺脚了不是?"

潘其吃惊地看着我:"你……你怎么会知道?"

我神秘地说:"嘘!ESP……"然后翻开英语书大声地朗读起来。

学坏来不及

GIRLS HELP GIRLS

10

没有我你怎么办

痛苦是他们的，
骄傲是自己的。

001

阿木是我的同桌,我唯一的朋友。

他是一个奇奇怪怪的人。做事总是不按常理出牌,快考政治的时候他拼命背历史,天气很冷的时候只穿一件薄薄的衬衣,韩剧最流行的时候他躲在家看老掉牙的《上海滩》。很多人都不想理我这样的坏女生,他却死心塌地和我做好朋友。

阿木总说我不坏,也不让我说自己坏。很多时候,他就像我的私人秘书,提醒我哪天该带什么书,哪天会考什么试,从不嫌烦嫌累。我问过他为什么要对我那么好,他说我在幼儿园的时候曾经替他抢回过一块被别的小朋友抢去的饼干,我是一点也不记得了。

不过我相信阿木,他从不撒谎,是个彻头彻尾的好孩子。

其实,我也不算是那么坏啦,就是有时翘翘课,和老师顶顶嘴,和那些优等生作作对而已。

最过分的,也不过是今天早上,我顶着一头鲜红色的头发招招摇摇地进了学校和教室,把我们班主任李老师吓得差点晕在了讲台上。

等到终于回过神来后,她问我:"杜萌,你到底想干什么?"

"什么?"我装作听不懂。

"你给我出去!"她用手指指着门外说,"你现在就给我出去!"

我歪歪头笑笑,站起身就往外走,等我走到教室门口的时候,我一把抓下了我的头发。全班顿时乐不可支,因为那不过是一头假发而已。

李老师真笨,她不知道如果我要染发,肯定不会染成红色,我喜欢的是绿色,很鲜艳的那种绿,像李老师当时的脸色。

下课后,阿木对我说:"杜萌,不要玩那么过分。你知不知道 Ms. 李(李女士)有心脏病?"阿木的爸爸常年在国外,受他爸爸的影响,他的英语一流,口语相当不错,是 Ms. 李的得意门生,他当然要替她讲话。

"真的?"我大惊小怪地说,"那我下次要小心些。"

"我是说真的。"阿木认真地说,"她真的有心脏病,你不可以气她。"

"好。"我无精打采地说。

"你不开心？"阿木说，"这个周末我陪你去'寂地'看演出如何？"

"不去。"我说，"要去你去。"

002

我很讨厌提到"恋爱"这个词,简直俗不可耐。

所以我和阿木,至多算得上是朋友。我和阿木,是那种看彼此时,总会觉得对方是与别人所了解的有那么一些不一样的人。自然,这算不上盲目崇拜,也谈不上胡乱欣赏。

我不知道阿木欣赏我什么,反正我欣赏他除了他老实以外,最主要的是他是那种很独立的男生,做事也相当有主见,从不和别人一样,拿另类的眼光来看我。而且他妈妈人也很好,我在她家看一天的电视她也不会讲我,还买墨西哥鸡肉卷给我吃。

放了学,我拉着阿木一起去音像店租《薰衣草》的VCD。

《流星花园》过气以后,我们班开始流行《薰衣草》。那个叫许绍洋的长得一般,唱歌更是不敢恭维,可是大家都喜欢,大家都喜欢我就一定要看一看。

不知道是不是我早上气了李老师的缘故,阿木的情绪一直都不是太好。等我把 VCD 拿到手里的时候，他终于忍无可忍地说："杜萌，其实这种片子还是少看一点好。"

"那什么多看一点好？"我反问他。

"多看点书不好吗？虽然现在才高一，可是高考说来就来，说什么也该抓抓紧是不是？"他个头挺高，站在那里，一副苦口婆心的样子。

我觉得他很看不起我，我丢下VCD从音像店里冲了出去。

外面有雨，不过下得不大，我把自行车骑得飞快，我知道他没有跟上来。

经过麦当劳的时候，我冲进去给自己买了一支甜筒。店里人很多，等了很久我才把甜筒握在手里，舔下第一口的时候，我的眼泪开始流了出来。就这样，我满脸是泪地坐在那里，丝毫也不关心别人是用如何奇怪的眼神看我，固执地吃完了一支甜筒。等我走出麦当劳的时候，雨停了，阳光万丈。

我做了一个决定，永远也不要理阿木。

他做他的好学生，我做我的坏孩子，我们根本就是平行线，走不到一条道上的。

阿木却永远大智若愚，天生一副后知后觉的模样。我刚到家，他的电话就来了："回家啦？有没有淋到雨哇？"

我一句话不说挂掉了电话。怕他再打，我将听筒搁到一边。

003

我在阳台上打掌上游戏机，打累了，就坐着看天慢慢地暗下去。妈妈的尖声大叫忽然野蛮地撕破黄昏的暮色："杜萌，杜萌，你怎么电话也不放好，你怎么越来越没头没脑？你这样做你爸爸的电话怎么打得回来？"

我妈妈到了更年期的年纪，一般来说，这种数落从一开始至少要持续半小时。但是那天竟然没有，她走过来对我说："快给你爸爸打个电话，让他今晚早点回家。"

"你为什么不打？"我说。

"让你打你就打。"她的眼眶忽然红了，"你告诉他我有事情要跟他说。"

她靠在阳台的玻璃门上，软软的样子，头发很乱，有几缕头发从额头上散落下来，显得她异常憔悴。我的心疼了疼，可还是不想打电话，我对妈妈说："如果爸爸不想回家，逼是没有用的。你要是想跟他说什么，应该自己打电话告诉他。"

"你怎么可以说这样的话?"妈妈激动起来,用一种陌生的眼神看着我说,"事到如今,如果你也不护着我,你是不是要妈妈去死?"

"好,好。"我投降,"我这就去打。"

我躲到房间里打爸爸的手机,他过了很久才接。听到是我,好像松了一口气的样子:"小萌啊,有事吗?"

"是不是没事就不可以打杜经理的电话?"我讥讽地说,"或者,我需要预约?"

他在那边沉默。

"我代表妈妈通知你,今晚你早点回来。"说完,我迅速地挂了电话。就在这时,门一把被拉开了,我知道妈妈一直站在外面,她用期待的眼神看着我说:"你爸爸他怎么说?"

"他什么也没说。"我继续埋头到我的"贪食蛇"游戏里,我听到自己冷漠的声音,"如果他不回来,你跟他离婚就是。"

"小萌!"妈妈的脸上露出极为痛苦的表情,"你知不知道自己在说什么?这是你的家啊,你知不知道爸爸妈妈离婚,你就没有家了!你怎么可以说出这么可怕的话来!"

"如果你们都不珍惜这个家,我要它有何用!你们整天不是吵啊吵就是冷战,又什么时候顾及过我的感受?"我大喊大叫,"我早就受够了!离就离,谁怕谁啊!"

  妈妈想打我,但是她的巴掌没有落下来。

  她瘫倒在沙发上。

  我没有扶她,而是转身冲出了家门。

004

又开始下雨了。

十一月黄昏的雨带着丝丝的凉意打在我的身上,我无处可去。

以前每次发生这样的事,我都是躲到阿木家里。但现在我不会再去了,我永远都记得阿木下午看我时的那种眼神,我的高傲和自尊绝对不允许有人这样子来看我,特别是朋友。

我在妈妈的身上早就看到,女人没有自尊就等于没有了一切。

于是我去了"寂地"。

"寂地"是一个小小的club(俱乐部),里面来来往往的都是和我差不多大的孩子。我们都有一样无畏的眼神和寂寞的表情,听歌的时候大声呼喊或是默默流泪。我很喜欢这里,因为这里让我觉得自己很成熟,谁也不会把谁当成孩子。

我还喜欢这里那支有名的乐队"惊弓之鸟",它的成员也都是学生,吉他、贝斯和键盘玩得好得不像话。

005

我跟 Onio 说谢谢,夸他的歌唱得好。他并不稀罕我的表扬,连唇角都没往上扬一扬。我朝着他背影喊:"你酷到可以交税哦,感觉一定很不错吧。"

他回过头来咧开嘴笑了,像只青蛙:"想听什么歌?"

"《惊弓之鸟》!"我挥舞双手,像个小神经,"耶耶耶!来一首《惊弓之鸟》!"

他真的给我唱《惊弓之鸟》,这是他们乐队的代表曲目,我百听不厌。Onio 站在那里,将话筒轻轻一斜,我立刻听到他无与伦比的声音:

我是一只惊弓之鸟

我没有受伤

我只是吓了一跳

我是一只惊弓之鸟

拍拍我的翅膀

妄想飞去天涯海角

这个世界危险太多

幸福太少

但我还是坚持着微笑

我是一只惊弓之鸟

可是你

可是你

能不能看到我的骄傲

  我拼命地鼓掌，然后就趴在桌上流泪了。

  生活充满了痛苦，我也是一只惊弓之鸟，可是我到哪里才可以找到自己的骄傲？

  其实我很少哭的，可是今天竟哭了两次，我也不知道自己到底怎么了。

  一张纸巾递到我面前来，是 Onio。

  他笑着说："你是被我唱哭的第 N 个女生。"

  "臭美。"我说，"我跟她们不一样，我是眼睛进了沙子。"

"是吗？"他俯下身子说，"让我替你吹吹。"

我迅速地躲开："别想打我主意，我可是好姑娘。"

"谁也没说你坏。"他在我身边坐下，"我常常看到你，你好像每个周末都来？"

"对呀。"听他这么说时，我这才问道，"今天不是周末，你怎么会在？"

"我不是好孩子啊。"他又咧开嘴笑了，"自由自在。"

"你不念书？"

"念，也念，就是常常念不好。"

"你不用念，"我说，"等你出名了，自然家财万贯，有用不完的钱。"

"谢你吉言。"他说，"到那天，一定分你一半。"

就在这时，我看到了阿木，他站在门口，用一种复杂的眼神盯着我。

Onio 也看见了，问我："你的小跟班？"

我朝阿木招招手，他很快就走了过来，闷声闷气地说："打电话去你家你不在，我猜你就来了这里，你妈妈让我叫你早点回去。"

"回去干什么？"我没好气地说。

"走吧，回去陪陪你妈妈。"阿木伸手拉我，"你妈妈情绪好像不是很好。"

我一把甩开他，拉住 Onio 说："再唱，再唱一首给我听听好不好？"

阿木前所未有地固执，似乎不把我拉走就不罢休。

"走开，走开！"我气势汹汹，"再打扰我听歌就揍扁你！"

阿木灰头土脸地走出了"寂地"。

006

Onio 说:"你的小男朋友很喜欢你。"

"不是男朋友。"我纠正说,"也许连朋友都谈不上。"

"拥有的时候总是不懂得珍惜。"Onio 说,"我以前有个同桌,是个很好的小姑娘。她不喜欢我唱歌耽误学业,每天都劝我。有一次,我当着众人的面损了她,可是第二天她就被车撞死了。"

Onio 的眼神黯淡下去:"我连说道歉的机会都没有。"

那晚 Onio 给我唱了很多的歌,散场的时候 Onio 看着我的眼睛说:"你知道吗?你跟她长得真的很像。做个乖孩子啊,我看得出来你不想坏的。"

我恍恍惚惚地点头。

当我回家的时候,已经是夜里十二点了。刚一进门,就看到爸爸坐在客厅的沙发上抽烟,家里一片狼藉,想必他们刚经过一场混战。

我冷冷地想:这就是爱情?这就是婚姻?这就是

生活？

简直一钱不值！

穿过一片混乱，我走进自己的房间，爸爸在身后喊住我："小萌，你现在到底在做些什么？"

"你管不着。"我把门砰一声关了起来。

第二天，阿木在上学的路上等我。他的书包看上去很沉，原来他给我带了很多的复习资料。

"小萌，"他对我说，"你看看好吗？这些书都很有用的。马上就要考试了，其实你很聪明，可以考得很好的。"

"去你的。"我说。

他还是把书放在了我的书桌上。我把它们一股脑儿扫到了地上。阿木在众目睽睽之下走过来收起它们，再次放到了我的桌上。

这次我没有再扫。

我能感觉到，阿木好几天都在用忧郁的眼神看着我。我不敢回看他，不是朋友就不是朋友吧。还好我现在有了 Onio，他唱歌是那么好听，他说过，我和他以前的同桌很像，特别是眼睛。

周末的时候我又去了"寂地"，可是我没有看到 Onio。

贝斯手告诉我，Onio出国了，那天是他最后的一次表演。

我惊得说不出话来："可是他那晚根本就没有说……"

"男孩子总是喜欢这样，把再见说得不露痕迹。"贝斯手笑着递给我一张纸说，"Onio留给你的。"

我接了过来，将纸展开，是手抄的歌词，《惊弓之鸟》的歌词，我那天向他讨的。歌词下面写了一句话：

痛苦是他们的，骄傲是自己的。

007

走出"寂地"的时候,阿木在门口等我。

阿木依旧背着一个大书包,看到我的时候,我能感觉他想说些什么,却一句话也没说出来。

天空又下雨了。

也不知道这个季节为什么会有这么多的雨。

阿木就这么一路陪着我,什么话都没有说,我们沉默地走在回家的路上。

我家门口的路实在是烂,下雨积水,有好多大大的水坑。

阿木朝我伸出手说:"杜萌,我牵着你跳过去吧。"

阿木的手掌很大,掌心的温度让我对他的恨土崩瓦解。我听到他说:"杜萌,我们是好朋友,天地良心,我从来没有瞧不起你过。"

"我相信。"我说。

我真的相信。

分手的时候,我对他说谢谢。他动了动嘴唇,我以为他要说再见,可是他没有。

第二天上学,阿木的座位是空的。

Ms.李告诉大家,他去了澳大利亚念书。我默默地坐在座位上,在我课桌的抽屉里有一封阿木留给我的信。

信的内容很短。

从知道我要出国的那天,我就一直在想,没有我你怎么办?到今天我才明白,好朋友是要相互信任的,所以我相信你,你一定可以过得很好。

你一生的好朋友:阿木

PS:不可以让我失望哦。

我在众目睽睽之下失声痛哭,男生们果真都是这样啊,将再见说得不留一点痕迹。

如果还可以见到阿木,我要告诉他,以后的每一天,我一定会好好照顾自己。也许我的确像 Onio 歌中所唱的那只惊弓之鸟一样。可是,我一定会,一定会让他看到我坚持的骄傲。

不让他失望,也不让友情失望。